目次

第一章　口吸い　7
第二章　駄賃二十文　80
第三章　味噌うどん　158
第四章　富士の煙　225

地獄の釜　父子十手捕物日記

第一章　口吸い

一

かわいかったなあ。

御牧文之介《みまきふみのすけ》は声にだしそうになって、とどまった。もしきこえたら、うしろをついてくる勇七《ゆうしち》があまりに気の毒だ。

文之介は今、勇七とともに町廻《まちまわ》りの真っ最中である。深川《ふかがわ》の町々の自身番《じしんばん》に、声をかけてゆく。自身番からは、常《つね》と変わりございません、と声が返ってくる。

文之介が、かわいかったなあ、と思ったのは赤子のことだ。姉の実緒《みお》に、ついに子供が生まれたのだ。

昨日、文之介は姉の嫁ぎ先である三好《みよし》家に赤子を見に行った。実緒の夫である三好信《しん》吾《ご》は同じ八丁堀《はっちょうぼり》の同心《どうしん》だから、組屋敷内に屋敷はある。

生まれたのは男の子だった。しわしわで猿のようだったが、眉《まゆ》が濃く、凜々《りり》しさがすでに備わっていた。

そのあたりは信吾の血を引いているように感じられた。実緒に似ているのは、鼻筋《はなすじ》と目だろうか。跡継ができたことを、三好家の人たちはことのほか喜んでいた。

文之介は、無事に赤子が生まれたことに素直に喜びをあらわしている人たちにあらためて好感を持った。仮に女の子が生まれていたにしても、同じような喜びぶりだっただろうというのは想像にかたくない。

いい家に姉上は嫁いだものだなあ、と文之介は心から思ったものだ。

赤子の名は、信吾がずっと前から考えていたようで、信一郎《しんいちろう》に決まった。いかにも武家らしい、いい名だ。

それにしても、俺《おれ》が叔父《おじ》さんとはなあ。

文之介に実感はまだまったくないが、紛《まぎ》れもない事実だ。

一緒に行った父の丈右衛門《たけえもん》は、祖父になった。いずれ信一郎におじいさまと呼ばれることになるが、丈右衛門ほど若く見える男でも孫にそう呼ばれるのはうれしいものなのだろうか。実の子よりもかわいいという話はよくきくので、うれしくないはずがないだろう。

文之介は、実緒の母としての幸せそうな顔を目の当たりにして、自分もはやくお春《はる》と一緒になりたいと思った。子ができるのはまだ先としても、はやくそうならないかなあと願わざるを得ない。

「なんですかい」

うしろから勇七がぼそりときいてきた。

「はやくそうならないかなあって」

今、声にだしたことを文之介は知った。

「いや、腹が減ったからさ、うどんが食いてえなと思ったんだ。はやく目の前にうどんが置かれたらいいなあって」

「そうですかい。でしたら、例のうどん屋さんへ行きますか」

「昼に行こう。まだ四つすぎだからな、ちとはやい」

「そうですね」

勇七は覇気がない。なんとか元気をだそうとしているが、顔に生気がまったくない。むしろやつれている。内心の落ちこみぶりを文之介に知られたくなくて、必死に快活なふりをしようとしている。

理由ははっきりしていた。勇七が大好きなお克《かつ》が他家に嫁いだからだ。すでに十日ほどたっている。

文之介はそのことを伝えていないが、さすがに勇七の耳に入らないはずがない。

勇七は一所懸命にお克のことは忘れようとつとめている様子だが、どう見ても無理そうだ。かわいそうで、文之介はいたたまれない。

「勇七」

「なんですかい」

「仕事、休んでもいいぞ。いや、休め」

文之介は半ば命じる口調でいった。

「どうしてですかい」

「わけをいわなきゃまずいか」

勇七が一瞬、下を向いた。

「旦那《だんな》は、お克さんが嫁いだからあっしが落ちこんでいるって思っているんですかい」

「ちがうのか」

「落ちこんでなんかいませんよ」

勇七がいい張る。

「落ちこんでないあっしが、どうして休まなきゃいけないんですかい」

食ってかかるほどではないが、語気をやや荒くしていう。

こりゃ、きく耳持たねえな。

文之介はそれ以上いうのをやめた。強がり以外のなにものでもないが、考えてみれば、仕事をしているほうが気が紛れていいかもしれない。

文之介たちは町廻りだけでなく、嘉三郎《かさぶろう》という男を追っていた。

権埜助《ごんのすけ》という男が頭《かしら》をつとめていた押しこみの一人で、文之介たちは権埜助たち四名をとらえたが、嘉三郎一人のみ取り逃がした。

その捕物からすでに一月ばかりたっているが、嘉三郎に関してまだなんの手がかりもつかんでいない。

嘉三郎は権埜助の手下《てした》の一人だったが、実際には、押しこみの頭も同然だったのではないか、と文之介はにらんでいる。

この思いは、嘉三郎の顔を脳裏に思い浮かべるたびに強くなってゆく。

嘉三郎は役者にしてもおかしくない端正な顔をしているが、瞳《ひとみ》の奥には狡猾《こうかつ》さと酷薄さが同居していた。それは、これまで文之介が目にしたことのないものだ。

人としての感情が抜け落ちている、そんな思いを抱きすらした。そういう男がただの
手下でいたはずがない。

あの男は、と文之介は思った。俺にうらみを持っているだろうか。

権埜助たちは、商家に押し入ったあと平気で二年ものときを置ける、用心深い押しこみどもだった。

権埜助たちが酒問屋の和方屋《わかたや》という店を狙《ねら》ったとき、文之介たちが先まわりする形で

店を張り、嘉三郎以外はとらえることができたが、和方屋を標的として考えたのも嘉三郎ではないか、という気がしている。

それだけ周到に準備したのを邪魔されて、うらみを抱かないはずがないのではないか。

昼になり、文之介たちは深川久永町《ひさながちょう》に足を向けた。せまい路地を入ってゆくと、いいだしのにおいがしてきた。

うどん屋の暖簾《のれん》が、秋を感じさせる風にほんのりと揺れている。

「勇七、そそられるなあ」

文之介はいったが、そうですね、と素っ気ない答えが返ってきただけだ。

文之介が名もないうどん屋に来たのは、やはり勇七に元気がなかったとき、ここのうどんを食べて勇七が元気を取り戻したことがあるからだ。

しかし、そのときとは落ちこみの度合がちがいすぎるかもしれない。なにしろ勇七は命懸けといっていいほどの思いで、お克に惚《ほ》れていたからだ。いくらうまいうどんだからといって、立ち直りを期待するのは無理かもしれない。

だからといって立ち去る気にはならない。文之介はうどんの腹になっている。

暖簾を払い、戸をあけた。いらっしゃい。元気のいい声が浴びせられる。

「文之介の兄ちゃん、勇七の兄ちゃん、いらっしゃい」

「おう、貫太郎《かんたろう》、久しぶりだな」

「本当だね。半月ぶりくらいじゃないかな」

「そんなに来てなかったか。半月もここのうどんを食べてねえと、力が出ねえや」

「おいらは毎日食べてるから元気もりもりだよ」

「本当に元気がいいな」

貫太郎は、もともと子供掏摸《すり》だった。それを文之介がこのうどん屋を奉公の場として紹介したところ、ものの見事に掏摸から足を洗い、今はこの店のあるじに遜色《そんしょく》ないうどんを打てるまでになっていた。

貫太郎だけでなく、妹のおえんと母親のおたきも一緒に働いている。

店はまだ混《こ》んでいない。座敷に二人連れの客が一組いるだけだ。

文之介たちは座敷の隅《すみ》に腰をおろした。おえんが茶を運んでくる。

「おえん、また一段ときれいになったみてえだな」

文之介がいうと、おえんは顔を赤らめた。

「そんなことありません」

「そんなことあるって。だんだん色っぽくもなってきたぞ。なあ、勇七」

「ええ、そうですね」

「勇七さん、なにか元気ないみたい」

おえんが心配そうにいう。

「ここのうどん、食べてねえからだよ。案じることはねえ。おえん、いつもの冷たいやつを二つ頼む」

「はい、わかりました」

おえんが厨房《ちゅうぼう》に去ってゆく。

文之介は茶を喫し、勇七を一瞥《いちべつ》した。

背を縮こまらせている勇七は、歳《とし》をいくつか取ってしまったように見える。

なんとか力づけたいが、今の文之介にできることはないだろう。こういうのは、ときの力を借りるしか手立てがない。

「お待たせしました」

おえんがうどんを運んできた。

「ねえ、文之介さん」

おえんがささやきかけてきた。

「おっかさん、ついに決めたのよ」

なんのことだ、と一瞬考えたが、おえんの目の先を追って厨房のほうへ目をやった途端、文之介は解した。

厨房では、おたきとこの店のあるじが仲むつまじく働いている。

「あの二人、一緒になるのか」

「うん」

文之介はおえんを見つめた。

「うれしそうだな」

「そりゃもう」

「おえん、一つ教えてほしいんだが」

おえんが顔を向けてくる。

「あの親父《おやじ》、名はなんていうんだ」

おえんがえくぼをつくって笑う。

「それは秘密です」

「なんで」

「おじさん、ううん、おとっつあんからじかにきいて」

「だってあの親父、話してくれねえぞ」

「そのうち話してくれるわよ。――それよりはやく食べて。のびちゃうから」

「あ、ああ」

おえんが座敷を去る。

文之介は箸《はし》を取った。

「勇七、食べよう」

いほうがよかった。
「……へい」
勇七はさらに暗い顔になっている。
しまった、と文之介は思った。おたきとあるじの幸せな話は、今の勇七にはきかせな
いほうがよかった。
文之介は黙ってうどんをすすりはじめた。
うどんは腰《こし》があり、なめらかさも文句なしだ。つゆもだしがよくきいている割にほの
かな甘みがあって、うどんによく絡む。絶妙なつり合いだ。
文之介は満足して箸を置いた。
勇七はもそもそと食べている。食い気がないのに、無理に口へと押しこんでいる。そ
れでも残す気などはないらしく、四半刻《しはんとき》ほどをかけてなんとか食べ終えた。
文之介はなにもいわず、黙って茶をすすっていた。
勘定を払う際、親父とおたきに、おめでとう、よかったな、と祝いの言葉を伝えた。
二人は照れるように笑ったが、互いに見返す瞳に想《おも》い合っている気持ちがよくあらわ
れていた。
文之介は、勇七とともに再び見廻りに戻った。むろん、嘉三郎の手がかりを捜すこと
も忘れない。
しかしなにも得ることなく、夕暮れ近くになった。奉行所に帰ることにし、文之介た

ちは永代橋《えいたいばし》を渡った。

その途中、文之介は目をみはった。お春が向こうから歩いてきたからだ。

「お春」

声をかける前にお春は文之介に気づいていたようだ。

「久しぶりだな」

「本当ね。いつ以来かしら」

「わからねえや。もう一月以上、会ってなかったんじゃないかな」

「そんなになるかしら」

「なあ、お春、また前みたいに飯をつくりに来てくれよ」

「いいわよ」

お春があっさりと答える。

「本当か」

「ええ。私、ずっと行きたいと思っていたから」

お春の代わりといってはなんだが、ここしばらくはさくらという娘が食事をつくりに来ていた。さくらは孝蔵《こうぞう》という、稲荷《いなり》寿司《ずし》の屋台を生業《なりわい》としている男のもとに嫁ぐことになりそうだ。それはまずまちがいなかった。

「文之介さんにも会いたかったけど、おじさまのお顔も見たかったわ」

お春は笑顔を見せてくれた。文之介には、やはり天女《てんにょ》のように見える。西に沈もうとする夕日を浴びて、お春の頰《ほお》はきらきら輝いている。

文之介はその美しさに見とれた。

「どうしたの、ぼうっとして」

「ああ、お春があまりきれいなものだから」

「本当に」

「本当さ」

久しぶりなのに、いつも会っているように話が弾む。

ああ、やっぱりお春はいいなあ。

「ねえ、勇七さん、どうかしたの」

お春が小声できいてきた。

しまった。文之介は、うしろに控えている勇七を振り返った。

勇七は、ぼうっとしている。心ここにあらず、といった風情《ふぜい》だが、文之介とお春の仲をうらやましく思っているのではないか。

文之介はどういうことか、ささやき声で教えた。お春がそうなの、と気の毒そうにうなずく。

文之介は話を切りあげた。

「じゃあ、お春、これでな」

「うん、またね」

お春が名残惜《なごりお》しそうにしてくれたのが、文之介は心地よかった。同時に勇七に対して、すまねえな、という気持ちが雲のようにわきあがってきた。

二

隠居というのはいいなあ。御牧丈右衛門は思った。

なにしろ、こうして好きなおなごと好きなときに会えるのだから。

目の前にお知佳《ちか》がいる。今日は朝から二人で逢《あ》い引《び》きだった。

もっとも、二人といっても、お知佳はお勢《せい》をおんぶしている。お勢はお知佳の実の娘で、まだ赤子だ。お知佳の亭主はある事件で罪を負い、陸奥《むつ》へ身柄を送られて、その地で死罪になった。

今のお知佳の笑顔にその事件の陰はない。丈右衛門とこうして会うことを、素直に喜んでいる。

お知佳は今日、仕事は休みだ。お知佳が働いているのは才田屋《さいたや》という商家で、掃除《そうじ》や洗濯、炊事など奥のことをしているが、あるじ一家が五日ほど近場に旅に出るということで、連続四日の休みをもらっている。そのあいだ、店も休むそうだ。

昼食は、丈右衛門の気に入りの蕎麦屋《そばや》でとった。芝山《しばやま》という店で、富岡八幡宮《とみおかはちまんぐう》近くにある。評判が立ってもおかしくないおいしさだが、どうしてかいつも混んでいない。丈右衛門にとってありがたい店だ。

この店にはざる蕎麦とうまい酒しかない。芝山の蕎麦切りは腰があり、嚙《か》むと甘みが出てくる太い麵《めん》だ。つゆはやや辛《から》いが、蕎麦切りとはひじょうに相性がよく、ここの蕎麦切りは何枚でも食べられるような気がする。実際に丈右衛門は四枚を平らげて、お知佳が目を丸くしたほどだった。

お知佳は二枚を食べて、ごちそうさまでした、と箸を置いた。ああ、おいしかった、と満足げな表情をしている。

うまかったよ、また来ると店主にいって店を出、富岡八幡宮に足を運んだ。

むろん、町方《まちかた》同心として現役のときは決して鳥居をくぐれなかった場所だ。こうしてお知佳と一緒に入れるというのは不思議な気もするが、幸せな気分のほうが強い。

広い境内《けいだい》を行きかう者は、意外に夫婦者が多い。赤子を胸に抱いている若い母親の姿も目についた。

昨日の実緒のこともあり、丈右衛門の目はそういう者ばかりにいく。実緒が産んだ子を目の当たりにして、丈右衛門が真っ先に思ったのは自分の子がほしいということだった。

実緒と文之介という二人の子宝に恵まれたとはいえ、今、心底ほしいのはお知佳とのあいだの子供だ。

「どうしてほかの女の人ばかり、見ているのですか」

お知佳は怒ってみせたが、むろん目は笑っている。丈右衛門がそうするからにはなにか理由があるのをさとる聡明《そうめい》さも持ち合わせているし、もともと丈右衛門に深い信頼を寄せてくれている。

丈右衛門は昨日のことを話した。お知佳が顔を輝かせる。

「おめでとうございます」

「ありがとう」

「おじいさまですね」

「実感はないが」

「私も、丈右衛門さまが実感がないとおっしゃるのはよくわかります。とてもお若いですから」

「そうかな」

「そうですとも」

お知佳がにっこり笑う。

その笑顔があまりにまぶしくて、丈右衛門はぼうっとした。熱に浮かされたような気分になり、深く呼吸する。

「お知佳さん」

声がひっくり返りそうになった。

「はい」

お知佳がじっと見返す。丈右衛門の決意を読み取ったような目だ。

一緒になってほしい。丈右衛門がいいかけた途端、お勢の泣き声が響き渡った。

「どうしたの」

お知佳があわててあやす。

これには、さすがに丈右衛門は口を閉じざるを得なかった。

お知佳はお勢を背中からおろして腕《うで》で抱きはじめた。

そんなお知佳を見て丈右衛門は、もっともと思った。縁談は本人からいうものではなかろう。しかるべく人をあいだに立てなければならない。

誰がよかろう。やはり、与力《よりき》の又兵衛《またべえ》がふさわしいのだろう。仲人は又兵衛に頼むことにしよう。

お勢はおしめだった。お知佳が替えると、すぐにまた眠りはじめた。

丈右衛門に、もう一度いおうという気持ちは戻ってこなかった。

その後、二人で寺や神社をめぐった。これまで行ったことのない場所ばかりなので、丈右衛門には物珍しいものばかりだった。

二人でいろいろな話をし、笑い合った。窮屈さを覚えることなく話ができる相手というのは、亡き妻以来だ。

丈右衛門にとって、あっという間に夕暮れがやってきてしまった感じだった。

「そろそろ戻ろうか」

丈右衛門はもっと一緒にいたかったが、心を励ますように口にした。

「……はい」

お知佳も心残りがある顔つきだ。

丈右衛門はお知佳の口を吸いたかった。しかし、その度胸がない。

丈右衛門たちは、お知佳の長屋のある深川島田町《しまだちよう》に向かって歩きはじめた。

歩けば歩くほど、わかれのときが近づいてくる。それが丈右衛門にはつらかった。おそらくお知佳も同じ気持ちだろう。

あと二町ほどで深川島田町というところまで来たとき、丈右衛門はいやな目を感じたように思った。

足をとめ、あたりを見まわす。

「どうかされましたか」

ややうしろを歩いていたお知佳が怪訝《けげん》そうにきいてきた。

丈右衛門は振り向き、いやなんでもない、といった。

お知佳が案ずるような瞳をしている。丈右衛門は目を細めて笑った。

「本当になんでもないよ」

「さようですか」

一刻もはやく帰したほうがいいように丈右衛門は思い、お知佳と長屋の前でわかれた。

目を感じた場所に立ち戻り、付近を捜してみた。

だが、誰かが見ていたという痕跡《こんせき》を見つけることはできなかった。

いったい誰の眼差しだったのか。

勘ちがいということはまずなかろう。気になって仕方ないが、今はどうしようもない。

丈右衛門は、屋敷のある八丁堀に向かって歩を進めだした。日は地平の向こうに沈もうとしており、町は暗くなりつつある。行きかう人々の顔も見わけがたく、厚くなりつつある夜の壁に押されるかのように誰もが急ぎ足だ。

丈右衛門も現役のときのような早足で道を急いだ。お知佳のことを思うと心が癒《いや》されるが、その思いとは裏腹に渋い顔になった。

いっておくべきだったな。

丈右衛門には強い後悔がある。お知佳と会うたびに、一緒になろうと口にだそうとするが、いつもいえずにいる。

まったく駄目な男だな。

これでは、お春との仲が進展していない文之介のことをいえはしない。

出るのはため息ばかりだった。

三

年寄りの割に、うまいことやっているじゃねえか。

嘉三郎は、逢い引きをしている丈右衛門とお知佳をずっと見ていた。

二人は明らかに好き合っている。見かわす目を見る限り、ずいぶんと幸せそうだ。

お知佳という女はきれいだ。上物《じょうもの》だ。あの美しさは丈右衛門に心を寄せているなによりの証《あかし》だろう。女は好きな男にきれいに見られたいと願う。すると、自然に美しくなってゆくものだ。

二人は一緒になるのだろうか。あの様子なら、まずまちがいなかろう。

だが、その幸せをあの二人がつかむことは決してない。この俺が二人の絆《きずな》を断ち切ってやるからだ。

さまざまな場所をめぐり歩いた二人が、逢い引きをようやく切りあげ、帰路についた。

嘉三郎は一町ほどうしろからつけた。

慎重に二人をうかがっていたが、さすがに丈右衛門というべきなのか、こちらの目を感じ取ったようだ。

今日は、得意の小間物売《こまものう》りの格好はしていない。遊び人ふうにしている。これ以上、二人を見ていても益はなかろう。

嘉三郎は肩をそびやかすようにして、その場を離れた。

ぶらぶらと小名木川《おなぎがわ》沿いを歩いて、大島《おおじま》村の隠れ家に戻った。五百羅漢《らかん》で知られる羅漢寺の森が、四町ほど西側に見えている。

隠れ家のまわりはほとんどが田んぼだが、人家がないというわけではない。あまりに寂しすぎる場所だと、逆に目立ってしまう。

すぐそばが深川下大島町だ。そんなに大きな町ではなく、町人たちがぎゅうぎゅうづめになって暮らしている。この隠れ家の持ち主も、下大島町に住まっている。

隠れ家のまわりに誰も張っていないのを、注意深く確かめる。これだけは決して欠かすことはできない。

もし欠かしたら、最期《さいご》の日がやってくる、と嘉三郎はかたく信じている。

半町ほど離れた場所からじっくりと気配を探り、誰もいないのを確信してから、嘉三郎は再び歩きだした。

北側の裏手は林になっていて、人がひそむのには格好の場所となっている。嘉三郎としては伐《き》り払いたいが、さすがにそういうわけにはいかない。

嘉三郎はゆっくりと隠れ家に近づき、周囲をまわってみた。誰もいない。

一間《けん》ほどの高さを持つ木塀《きべい》を伝うように正面にまわり、枝折り戸《しおど》をあけて敷地に足を踏み入れた。枝折り戸のところだけは生垣《いけがき》になっている。

三間ほど進み、かたく閉じられた戸の前に立った。なかの気配をうかがう。

誰も待ちかまえている様子はない。

よかろう。心でうなずいてから、嘉三郎は戸を横に滑らせた。

夕日が射《さ》しこみ、土間の暗さがわずかに薄れた。

声をかけ、土間に入った嘉三郎はすばやく戸を閉めた。再び土間は暗さに満たされた。

「帰ったぜ」

「お帰りなさい」

一人の男が奥から出てきた。

暗いなかでも、にこにこしているのがわかる。人がよげな笑顔だが、もちろんずるさと悪賢《わるがしこ》さは持ち合わせている。背丈は五尺そこそこしかなく、やせている。頬が丸く、目は垂れて、眉毛が太く、鼻は団子で、唇《くちびる》は分厚い。いい男とはとてもいえないが、仕草《しぐさ》の一つ一つに愛嬌《あいきよう》があり、なんとなくかわいげというものがある。

「捨蔵《すてぞう》、留守中、なにかあったか」

「いえ、なにもありませんよ。静かなものでした」

「そうか」

土間で雪駄《せった》を脱ぎ、嘉三郎はあがった。板敷きの六畳間で、囲炉裏《いろり》が切ってある。隣の間に布団が敷いてある。掻巻《かいまき》が脱ぎ捨てられていた。

「寝ていたのか」

「ええ、少しですけど、まずかったですか」

「いや、それだけ眠れるというのは本当に静かだったからだろう。かまわねえよ」

捨蔵は長いこと旅に出ていた。八年ほどだろうか。二月ほど前、ようやく江戸へと戻ってきた。

「嘉三郎の兄貴」

そう呼べるのがことのほかうれしい顔で、捨蔵が呼びかけてきた。

「どうでしたかい」

捨蔵は丈右衛門のことをきいている。

「やつかい。元気なものさ」

「そうなんですかい」

顔をゆがめていった。捨蔵は丈右衛門のことをよく知っている。激しく憎んでもいる。

嘉三郎はどういう様子だったか、詳しく話した。

けっ。捨蔵が吐き捨てるように口にした。

「あの野郎、女がいるんですかい。なら、一緒に痛い目に遭《あ》わせてやりましょう」

「はなからそのつもりだ」

「どういうふうにやるんですかい。二人をかっさらってくるんですか」

「そいつはいずれ話してやる。楽しみにしておけ」

「今、話してもらえないんですかい」

「おまえを信じていないわけじゃないが、今のところは俺の腹だけにしまっておいたほうがいい」

「さいですかい。それだったら、待つことにしますよ。——ああ、そうだ。嘉三郎の兄貴、腹は空《す》いてませんか」

「ぺこぺこだ。今日はほとんどなにも入れてない」

嘘《うそ》ではない。丈右衛門たちを尾行していたら、自然にそうなった。

「でしたら、すぐに支度《したく》しますよ」

捨蔵が台所のほうに向かう。もともと庖丁《ほうちょう》が達者で、修業さえすれば板前になることも夢ではなかった腕に思える。もっとも、それだけの修業に耐えられるだけの辛抱強さは残念ながらない。

四半刻後、捨蔵がつくった夕餉《ゆうげ》を嘉三郎は食した。鯵《あじ》の塩焼きを主菜に豆腐の味噌《みそ》汁にわかめの和《あ》え物、たくあん、梅干しという献立だが、鯵は深川下大島町の魚屋で自ら選んできたというだけあって、脂ののりが最高で身が実に甘かった。

「うまいな」

捨蔵が顔をほころばせる。

「ありがとうございます。嘉三郎の兄貴にほめてもらうと、跳《と》びあがりたくなるくらいうれしいっすよ」

「大袈裟《おおげさ》だな」

「いえ、そんなこと、ありません」

捨蔵は真顔でいった。

夕餉のあとは酒だった。これも捨蔵が買ってきたものだ。一升は入ろうかという大徳利だ。

これもうまい。とろりとした味わいだが、くどいほど甘くはない。一口飲むと、次から次へと飲みたくなる味だ。

「嘉三郎の兄貴、覚えてますかい」

ややろれつのまわらなくなった声で、捨蔵がいった。

「あっしがはじめて酒を飲んだときの話ですよ」

「ずいぶんと昔の話だな」

「ええ、かれこれ二十年以上は前のことですからね」

「ほう、あれからもうそんなにたつか」

嘉三郎は湯飲みを傾け、一気に干した。すかさず捨蔵が酒を注《つ》ぐ。

「あのときは助かりましたよ」

「まったくだな。俺が飛びこんでいなきゃ、おまえは今頃、生きていねえ」

まだほんの子供だったが、いっぱしの大人気取りで酒をがぶ飲みし、酔っ払った捨蔵が足を踏みはずして近くの川に落ちた。それを嘉三郎が助けてやったのだ。

「ほんと、そうですねえ。あのときはありがとうございました」

「礼などいらねえよ」

幼い頃、嘉三郎と捨蔵は一緒に育った。血はつながっていないが、兄弟同様と捨蔵は思っているはずだ。

「嘉三郎の兄貴、明日はどうするんですか」

嘉三郎は湯飲みを置いた。

「せがれを見に行く」

「文之介ですね」

「ああ。やつのせいで、頭の権埜助を含め四人がつかまった。獄門《ごくもん》にされた頭たちのうらみを晴らさなきゃいけねえし、なにより二年も待った儲《もう》け話をふいにさせられた」

あの押しこみがうまくいっていれば、俺は四千両もの金を得ることができた。

いや、今は金のことはいい。御牧丈右衛門、文之介父子さえいなくなれば、金儲けなどいくらでもできるのだから。

四

明日は非番《ひばん》だ。

仕事はきらいではないが、やはり休みというのは格別の感じがする。

なにをするかなあ。

文之介は夢想したが、やることはもうとっくに決まっている。いつもと同じく、仙太《せんた》たちと遊ぶのだ。

仙太たちは近所の悪餓鬼《わるがき》どもだ。弥生《やよい》という美形の手習《てならい》師匠がいる三月庵《みつきあん》という手習所に通っている。

できることなら明日はお春と逢い引きしたいところだが、仙太たちとの約束を破るわけにはいかない。子供たちを悲しませたくはない。

でも、と文之介は思う。いつまでも仙太たちと遊んでいるばかりでは、お春との仲は進まない。それではいけないだろう。やはりいつかはお春と逢い引きできるような仲にならなくては。

仙太たちと遊ぶのは、お春と一緒になってからでもできるだろう。一緒に遊んでからみんなで屋敷に戻り、お春に手料理を振る舞ってもらうのだ。

はやくそんな日がこないだろうか。

楽しみだなあ。

「なにが楽しみなんです」

うしろから声がかかる。

あれ、と文之介は思った。また声にだしちまったか。

文之介は振り返り、勇七を見た。

勇七は、相変わらずぼんやりした目をしている。浜に打ちあげられて数刻はたった魚のような顔つきだ。

「俺の楽しみっていえば、飯のことだよ」

「昼餉《ひるげ》のことですかい」

「まあ、そうだな」

「でも、お春ちゃんがどうのこうのってきこえましたよ」

「明日は非番だろ。だからお春が昼飯をつくってくれたらいいなあ、と思ったんだ」

いいながら、まずいことを口にしちまったな、と文之介は思った。

「好きな人に飯をつくってもらえるなんて、いいですねえ」

「つくってもらえるかどうか、決まっちゃいないさ。つくってもらえたらいいなあ、と勝手に思っているだけだ」

勇七が自嘲《じちょう》気味の笑みを見せる。

「あっしに気をつかう必要はありませんよ」

「そんなつもりはねえんだが……」

文之介は勇七が気の毒でならない。本当に休んだほうがいいのではないか、と思う。しかしいいきかせたところで、どうせ昨日と同じだろう。

文之介と勇七は今日も深川の見廻りを行いつつ、嘉三郎捜しをしている。しかし嘉三郎が見つかるどころか、手がかり一つ引っかかってこない。

途中、昼になったので目についた蕎麦屋に入った。これまで入ったことのない店で少し不安はあったが、なかなかうまい蕎麦切りだった。

「勇七、思った以上にうまかったな」

店を出て文之介はいったが、勇七の答えはまたも素っ気ないものだった。

「ええ」

実際、勇七にやはり味はわかっていないのではないか。わかっていないというより、味がしないのだろう。

そう思って見ると、勇七は昨日よりやせたような気がしないでもない。奉行所《ぶぎょうしょ》内の中間《ちゅうげん》長屋に帰っても、ろくに食べていないのではないだろうか。

なんとかしたいと文之介は思うが、いい考えは浮かんでこない。やはりときが解決してくれるのを待つしかない。

文之介は勇七を連れて、町廻りを続けた。嘉三郎の人相書《にんそうがき》を、自身番の者たちに見せるのは忘れない。

ときがたつのはあきれるほどはやく、すぐに夕闇《ゆうやみ》の気配が漂ってきた。

奉行所に戻ることになり、また永代橋を渡った。

その橋の真んなかまで来たとき、文之介は驚きで足をとめた。

向こうからやってきたのは、お克だった。

「文之介さま」

お克は娘のような華やいだ声をだした。今は人の女房となったといっても、歳はまだ十九のはずだから、そういう声は当たり前ともいえる。

「おう」

文之介は右手をあげた。お克、と呼び捨てそうになってとどまる。亭主となったらしい男が一緒だった。

お克が文之介と勇七に亭主を紹介する。

「才右衛門《さいえもん》と申します。お克がこれまでいろいろお世話になったようで、お礼の申しあげようもございません」

「いや、俺はなにもしちゃいねえよ。顔をあげてくんな」

才右衛門は三十をすぎているだろうか。お克とは歳は離れているが、仲むつまじいように見えた。大店《おおだな》のあるじときいているが、さすがに上等な着物をゆったりと着こなしている。

お克は女房らしく、眉を落とし、お歯黒《はぐろ》をしている。やせたままだ。才右衛門に見初《みそ》められたという話をきいたが、それもうなずける美しさだ。

赤子を抱いていた。そのことにはなから気づいていたらしい勇七は、あんぐりと口をあけている。

まさかこいつ、と文之介は思った。お克の子だと考えているんじゃあるめえな。どう考えても計算が合わない。

「お克さん」

文之介は呼んだ。いつも呼び捨てにしていたから妙な感じだ。

「その子は誰の子だい」

勇七のためにきいた。

お克がにっこりと笑う。

「私の子ですよ」

「えっ」

勇七がやっぱりという顔になる。

「冗談です。この人の妹の子です。ちょっと妹に用事があって預かっているんですよ」

「そういうことか」

文之介は勇七を見た。しかし、勇七は深刻そうな顔をしてあらぬ方向を見ている。

「お克、行こうか」

急ぐようで才右衛門がうながす。

「はい」

お克が文之介に向かって頭を下げた。

「お会いできて、とてもうれしゅうございました。では、これで失礼いたします」

「ああ、元気でな」

才右衛門も、失礼いたします、と頭を一つ下げた。お克たちは一緒に橋の向こうへ遠ざかっていった。

勇七は呆然《ぼうぜん》としたままだ。

「勇七、大丈夫か」

だが口を閉ざしている。

「お克さん、子供ができたんですねえ。そういうことだったのか……」

「行こう」

「勇七、なにをいっているんだ。亭主の妹の子だっていってたじゃねえか」

しかし文之介の声は、勇七の耳に届いていない。ただ口のなかでぶつぶついっている。

まったく仕方ねえな。文之介はあきらめ、奉行所への道をたどりはじめた。勇七が熱に浮かされたような足取りでついてくる。

本当に大丈夫かな。

文之介は危《あや》ぶんだ。まさか自ら命を絶つような真似《まね》はしねえだろうな。

いくらなんでも、勇七はそこまで弱くはない。だが自死したいような気分に今は陥《おちい》っているかもしれない。

なんとか力づけてやりてえが。

だが、その手立ては文之介にはない。自らの無力を感じた。

奉行所の大門に着いた。

「明日は非番だからゆっくり休んでくれよ」

「へい」

勇七は答えたが、正直、それも耳に届いているかどうか、心許《こころもと》なかった。

「じゃあな」

「へい」

勇七が宙でも踏んでいるかのように歩き去ってゆく。

頼むから元気だしてくれよ。

文之介は大門脇《わき》の入口に身を入れようとした。そのとき、首筋に目のようなものを感じた。

いや、まちがいない。誰かが見ている。

文之介は大門の外まで出て、あたりを見まわした。

だが、暮れゆく風景のなか、自分を見つめている者の姿などどこにもなかった。

五

よく寝たなあ。

大口をあけてのびをした文之介は、寝床から起きあがった。

雨戸の隙間《すきま》や穴から入りこんでいくつもの筋をつくっている日の明るさからして、刻限は五つをすぎているだろうか。

襖《ふすま》をあけて廊下に出た。

この屋敷では父子で住んでいるだけだからいつも人けはないが、丈右衛門らしい気配《けはい》はまったく感じられない。

出かけているのかな。

そうかもしれない。最近の丈右衛門は、どこかうきうきしているように思える。今日もお知佳と逢い引きなのではないだろうか。

台所に行った。飯は炊いてあった。味噌汁もつくってある。味噌汁は冷えてはいないものの、ぬるくなっていた。

文之介はかまどに火をつけて味噌汁をあたため直した。納豆を見つけ、箸でかき混ぜて醬油《しょうゆ》を垂らす。ねぎがほしいところだが、どう見てもなさそうだ。

味噌汁が沸騰する前に火を消した。丼《どんぶり》に飯をこぼれ落ちんばかりに盛り、味噌汁を椀《わん》によそった。膳《ぜん》を持って隣の間に移る。

いただきます、と頭を下げてから丼を手にした。丈右衛門の炊いた飯にしてはけっこういける。もともとの米がうまいのだろう。

味噌汁は豆腐だが、ちゃんとさいころのように切ってある。甘みがあっておいしい。

勢いよく食して文之介は朝餉《あさげ》を終えた。納豆も飯によく合っていた。

満足して箸を置き、文之介はときを置かずに食器を洗った。食器を洗わず、ためておくのがよくないのを、これまでの経験からよく知っている。

しかし、父上もやるもんだなあ。文之介は心から思った。

多分、おとといもお知佳さんには会ったばかりなのではないか。とにかく本気で惚《ほ》れていて、会いたくてならないのだ。

だが、お知佳がどうしてそんなに休みがあるのか不思議だった。

まさか、奉公先の才田屋をやめたというようなことはないのだろうか。もちろん、丈右衛門と一緒になるためだ。

もしそうなら、すぐにでも丈右衛門はいってくれるにちがいない。

しかし親父も若えな。逢い引きを繰り返すなんて、若い者のすることではないか。

もっとも、丈右衛門は若く見える。それに気持ちも若い。

丈右衛門とお知佳がうまくいくのは、この上なくめでたいことだが、気になるのはなんといっても勇七のことだ。

今なにをしているのか、奉行所内にある中間長屋に見に行きたいが、じき仙太たちがやってくるだろう。

それに、もう一つ気になることがある。昨日、奉行所の大門のところで感じた目だ。あれは何者かが悪意をもって見つめていた。だから背筋が冷えるような感触を味わったのだ。

誰なのか。文之介は考えたが、心当たりはなかった。

いや、待てよ。嘉三郎ということは考えられないだろうか。

こちらが捜し続けているのを知って、様子を探りに来た。

十分に考えられる。やつはそういうことを考えるだけの狡猾さがある。

やつだとしたら、昨日はとらえる格好の機会だったのかもしれない。もう少ししっかりと捜せばよかったか。

きれいになった食器を棚にしまい入れたとき、庭のほうから甲高《かんだか》い声と足音がきこえてきた。

「文之介の兄ちゃん、いる」

仙太の声だ。

文之介は庭に面している部屋に行き、障子《しょうじ》をあけた。

庭に仙太たちが勢ぞろいしている。いつもの顔ぶれで、七人いる。

「おう、よく来たな」

「約束だからね。約束破ったら、文之介の兄ちゃんが悲しむだろうから」

「まったくだな。おめえらが相手にしてくれなかったら、俺は非番の日は暇でたまらねえや」

文之介は、仙太たちの顔を順繰《じゅんぐ》りに見ていった。

「朝飯は食ってきたか」

当たり前だよ、とみんなが声を合わせた。

「食べないと、力が出ないもの」

文之介はいったん部屋に戻り、刃引《はび》きの長脇差《ながわきざし》を腰に差した。それから戸締まりをして子供たちと一緒に歩きだした。

連れ立って向かったのは、いつもと同じく行徳河岸《ぎょうとくがし》裏の原っぱだ。広々とした草原を秋の風が吹き渡っている。青い草が波打つように次々にお辞儀をしてゆく。

いつの間にか、空が高くなっている。西に見えているのは鰯雲《いわしぐも》だ。

「どうしたの、文之介の兄ちゃん。ぼんやりして」

進吉《しんきち》にきかれた。

「秋だなあ、と思ってさ」

「ほんとだねえ。なんとなくもの悲しくなるものね」

文之介は噴きだした。

「進吉、ずいぶんと子供らしくねえいい方するじゃねえか」

進吉はある事件に巻きこまれて、今は別の親もとで暮らしている。幼いが、ほかの子供たちよりも苦労している分、そういう季節の機微《きび》がわかるのかもしれない。

「文之介の兄ちゃん、なにして遊ぶ」

保太郎《やすたろう》がきいてきた。

「おめえたちのやりたいやつでいいよ。でも最初は鬼ごっこなんだろ」

実際、遊びは鬼ごっこではじまった。もちろん文之介が鬼だ。

いつも同じことを繰り返して飽きないものかと文之介自身思うが、不思議なものでまったくそういうことはない。子供たちと遊ぶのは心底楽しいし、これ以上ない気晴らしになる。

勇七も連れてくるべきだったかな。

文之介には少し後悔がある。今からでも呼んでこようか。いや、やめておこう。そっとしておくのが一番だ。

文之介は逃げまわる子供たちを一人ずつ原っぱの端に追いつめては、とらえていった。原っぱから出てはいけないという決まりがあり、それがなければ子供たちをつかまえるのは相当骨だろう。

全員をつかまえ終えたとき、文之介は心の臓が口から出てきてしまいそうなくらい、息が荒かった。

「文之介の兄ちゃん、大丈夫」

進吉にきかれた。

「まあな」

「文之介の兄ちゃん、本当に鍛《きた》え方が足りないよね。そんなので疲れちゃうから、なかなか手柄《てがら》を立てられないんだよ」

仙太が見くだしたようにいう。

「仙太、おめえが知らねえだけで、俺はけっこう手柄を立てているんだよ」

「えっ、そうなの」

仙太だけでなく、子供たち全員がびっくりした顔をしている。

「本当なの」

これは次郎造《じろぞう》だ。疑いの表情をしている。

「本当に信用ねえんだな。嘘じゃねえぞ。俺だって同心として、日々成長しているんだ。一年前の俺だと思って見てると、剣術ごっこじゃあ痛い目を見るぞ」

仙太がにやりと笑う。

「痛い目に遭うのはどっちかな」

文之介はどきりとした。またこいつ、なにか考えてやがるのか。

これまで何度も仙太の策にはまり、文之介は痛い目に遭わされてきた。剣術ごっこはこれまで全敗だ。

「仙太、今日はおめえの策なんかに引っかからねえからな」

「うん、そうなるように祈ってるよ」

「余裕かましやがって」

ようやく息がもとに戻った文之介は棒きれを手にした。

でも仙太のやつ、なにを企《たくら》んでるのかな。

なにしろ知恵者だ。ここはあまり動かず、様子を見るのがいいだろう、と判断した。

「文之介の兄ちゃん、誰か味方がほしいかい」

仙太にいわれ、文之介は七人の子供を眺め渡した。

「よし、仙太、おめえにしよう」

「えっ、おいらでいいの」

「いやか」

「まさか」

「でも仙太、前みたいに裏切るのはなしだぞ。あれは男らしくねえだろう」

一度、味方につけた仙太が無防備の背中を狙ってきたことがある。

「わかってるよ」

「よし、信じるからな」

文之介は仙太を背中に張りつけ、六人の子供と相対した。六人とも棒きれをかたく握り締めている。

寛助《かんすけ》がまず先陣を切った。棒きれを文之介の太ももに向かって振りおろす。文之介は軽々と弾き返した。

保太郎、進吉、太吉《たきち》、松造《まつぞう》、次郎造が入れ替わり立ち替わり棒きれを振るってきた。はなから仙太に戦いを挑む気はないらしく、六人の子供は文之介だけに棒きれを振るい続けている。

文之介にとって、子供たちの棒きれを受けるのは楽なものだ。それに、頭と顔は狙ってはいけないという決まりもある。棒きれを打ち返すのは、あくびが出そうになるくらいたやすい。

仙太がいる以上、決して油断はできない。仙太は暇そうにしている。約束通り、文之介の背中を狙う気はないようだ。

ふと、文之介は犬の鳴き声をきいた。この原っぱで耳にするのははじめてだ。なんだろう、と思って目をやると、大きな犬が吠《ほ》えながら走りこんできた。全身真っ白だが、顔だけは黒い。牙《きば》をむきだしにしている。尾っぽは巻き、耳はぴんと立っている。

まずいぞ。

「みんな、あれを見ろ」

文之介は子供たちに注意をうながした。

白い犬は、文之介たちのほうに猛然と突っこんでくる。子供たちが悲鳴をあげて、その場から逃げだした。仙太も恐怖の声をあげて文之介の背中を離れた。

犬は激しく吠えている。逃げる子供たちを追いかけまわしはじめた。子供たちは逃げ惑っている。

こうしてはいられない。こんなでかい犬ははじめて見たが、黙って見ていたら子供たちが食われちまう。

「この野郎、待ちやがれっ」

文之介は怒号し、子供たちを救うために白い犬を追いかけた。

しかし、犬はなかなかつかまらない。子供たちを追いかけるのはやめたが、文之介に猛然と襲いかかろうとする。

この野郎っ。いい度胸じゃねえか。俺さまとやり合おうなんて。

図体《ずうたい》が大きい割に犬はすばしこく、文之介の棒きれを軽々とよける。それでも文之介は棒きれを振るい続け、ようやく原っぱの隅に犬を追いつめた。

犬は、鬼ごっこをしている仙太たちのように原っぱから出ようとしない。

「この野郎っ、観念しやがれ」

文之介は棒きれを振りあげた。原っぱから追いだすのが目的で、本気で打とうという気はない。

文之介の気持ちを知ったか、悲しそうに鼻で鳴いた犬が原っぱを出ていった。あっけなかった。

ほっとし、疲れ切った文之介は、荒い息を吐きつつ子供たちを振り返った。無事か、と声をかけようとした。

はっとした。いつの間にか子供たちが背後に迫っていた。

まさか今の犬——。

やられたと思った瞬間、棒きれの雨が降り注いだ。文之介は受けきれなかった。すでに子供たちに懐《ふところ》に入りこまれていた。

少し離れたところで満足そうに見守っている仙太の姿が目に入る。

次の瞬間、うしろにまわりこんだ保太郎の棒きれを尻《しり》に受けた。

痛え。思わず跳《と》びあがった。さらに足を払われ、地面に横にされた。

さらに棒きれが振られる。文之介はこてんぱんにされた。

「もうやめてくれ。頼む」

文之介は体を虫のように丸めた。

「文之介の兄ちゃん、まいった」

「まいった。だからもうやめてくれ」

ようやく棒きれの雨がやみ、文之介は目をこわごわとあけた。子供たちがにやにやしてのぞきこんでいる。

文之介は地面にあぐらをかいた。

「あー、痛え」

涼しい顔をしている仙太を見つめる。

「あの犬はなんだ。仙太のところで飼っているのか」

「ちがうよ。最近、お師匠さんが飼いはじめたんだよ」

「弥生ちゃんの犬か」

「とても賢いんだよ。おいらたちの言葉がわかるんだもの」

たまにそういう犬がいるらしいのは知っている。

「へえ、そうなのか。名は」

「クマだよ」

「だって白かったぞ。顔は黒かったけど」

「お師匠さんの考えていることは、おいらたちにはわからないよ」

「まあ、そうだろうな」

文之介は月代《さかやき》をがりがりとかいた。

「しかしでかかったな。ありゃなに犬だ」

「お師匠さんも知らないっていってたよ。でもあれでまだ子犬なんだって」

「ほんとかよ。大きくなったら、どのくらいになるんだ」

「今とあまり変わらないらしいよ」

「そうなのか。不思議な犬だな」

「でも人になついてて、かわいいよ」

仙太がにっこりと笑う。

「犬は飼い主に似るっていうからね」

六

もうじき昼だな。

丈右衛門は空をちらりと見た。鰯雲が浮かぶ空は実に高く見える。

いつの間にか本当に秋が訪れていた。まだ夏の余韻を引きずっていて本物の秋とはいえないかもしれないが、あと数日で朝晩はぐっと冷えこむようになるのだろう。紅葉がはじまるまで半月もないのではないか。

腹が空いている。朝餉は自分でつくってしっかり食べてきたが、お知佳と二人で歩きまわっているせいか、すでに空腹は耐えがたいものになりつつある。

「どうかされましたか」

斜めうしろを静かについてくるお知佳にきかれた。今日、お知佳はお勢をおぶってきていない。おととい泣かれた。お勢に罪はないが、どうしても二人きりになりたかった、とお知佳はいった。

才田屋に働きに出るとき、お勢は長屋の女房に預かってもらっている。今日も同じだった。その女房には、楽しんでおいで、といわれたそうだ。

だがやはり、お勢に対する申しわけなさは隠せずにいる。

「どうかしたって、なにが」

丈右衛門はさりげなくきき返した。

「だって、丈右衛門さま、うなり声をだされています」

「えっ、まことか」

お知佳が穏やかな笑みを見せる。ああ、きれいだなあ、と丈右衛門は見とれた。

「嘘です。丈右衛門さま、おなかが空いたのではありませんか」

「どうしてわかる」

お知佳が、おかしそうに手の甲を口に当てた。

「おなかをずっとさすられていますから」

丈右衛門は思わず下を見た。右手が腹の上に置かれている。

「まいったな。自分では気づかなかった」

「丈右衛門さま、なにか召しあがりたいものはございますか」

「そうさな」

丈右衛門たちが今いるのは要津寺《ようしんじ》という寺の門前町だ。

要津寺が芭蕉《ばしょう》ゆかりの寺ということでやってきたのだ。明和《めいわ》八年（一七七一）に大島蓼太《りょうた》という俳人が芭蕉の百回忌の取越し追善《ついぜん》のために、この寺に芭蕉庵を再びつくりあげたのだという。

丈右衛門は俳諧《はいかい》にさほどの興味はないが、芭蕉の名はもちろん知っている。天明《てんめい》の頃はこの寺が俳諧の中心となったこともあるようだ。一度は訪ねてみたかった寺だ。

門前町は、俳諧の人たちらしい者でにぎわっている。どこからか貝を焼いているにおいがしている。丈右衛門は貝に目がない。

「お知佳さん、わかるかい」

「なにかを焼いているんですね。貝のようですけど」

「蛤《はまぐり》ではないかな」

「でも蛤の旬は、冬から春にかけてではないですか」

「そうなんだが、このにおいはただごとではない」

丈右衛門はお知佳をうながし、においをたどるように歩きはじめた。

店はすぐに見つかった。『磯銀《いそぎん》』という看板が路上に出ている。

「長いこと深川界隈《かいわい》は歩きまわったが、こんな店があるのはついぞ知らなかった」

「新しくできたんじゃありませんか」

そうかもしれない。店の前は二十人ばかりが行列をつくっていた。

「待つことになりそうですね」

「いやかい」

「いえ、丈右衛門さまとなら待つのも楽しいですから」

「ありがとう」

実際には、そんなに待たなかった。秋らしい風がそよぐなか、どこかで飼われているらしい小さな犬があらわれ、親を捜してでもいるかのように鼻を鳴らして姿を消すほどの間でしかなかった。

店は二十畳ほどの座敷があるきりだが、客で一杯だ。誰もが同じものを頼んでいる。というより、店にはこれしかないようだ。

蛤の茶漬けだ。大ぶりの丼に飯を盛り、焼いた蛤をのせて茶をかけてあるだけの代物である。さらさらとかきこめるので、客の出入りがはやいのだろう。

しかしこういう単純なものに、庖丁人の腕の善し悪しがはっきりと出る。丈右衛門は期待を持った。

蛤茶漬けが持ってこられた。

「うまそうだな。いただこうか」

はい、とお知佳も箸を取る。

丈右衛門は汁をすすってみた。ほのかにわさびの香りがする。

茶漬けをかきこんだ。だしがよく出ているが、これは蛤のだしのようだ。蛤にも軽く醤油で味つけがされている。焼いてあるために香ばしく、それがほんのりと香るわさびとよく合っている。

「こいつはいいな」

「ええ、蛤の身もぷりぷりしていて、甘みがあります」

「嚙めば嚙むほど味が出るというやつだな」

「はい、本当に」

丈右衛門は茶漬けとなればすぐに食べ終えてしまうほうだが、この蛤茶漬けははじめてということもあり、ゆっくりと味わった。お知佳も同じようにしている。

食べ終えた丈右衛門は立ちあがり、並んでいる者たちのために席をあけた。満足して代を支払う。

「うまかったな」

「旬《しゅん》ではないのに、どこからあれだけの蛤を仕入れているんでしょう」

それは丈右衛門も知りたいことだった。だが、店の者にただしたところで答えるはずがない。きっと口外できない手蔓《てづる》があるにちがいない。

その後、丈右衛門とお知佳は向島《むこうじま》まで足をのばし、おとといと同じくいろいろなところをめぐった。

お知佳は娘のようにはしゃいだ。お勢の母親といっても、考えてみればまだ二十三だ。世間では年増なのかもしれないが、自分から見れば娘のような年頃だ。

寺島《てらしま》村のほうまで行き、お知佳が、あんなところにもお社《やしろ》がありますよ、といった神社の境内に入った。

名もない神社だ。鳥居の扁額《へんがく》に名が記されているようだが、風雨にさらされて読むことができない。

せまい境内には誰もいない。深い木々にまわりが囲まれていて、薄暗かった。こぢんまりとした本殿の前に行く。賽銭箱《さいせんばこ》に二文を放る。

お知佳は目を閉じ、かたく両手を合わせている。

「なにをそんなに熱心に祈っている」

お知佳が目をあけ、ほほえむ。

「秘密です」

「それは寂しいな」

お知佳が目を落とす。

「ずっと一緒にいられたら、と願っただけです」

その言葉に丈右衛門は胸を打たれた。思いきってお知佳を抱き寄せる。お知佳はあらがわない。

丈右衛門は顔を寄せ、口を吸った。どきどきしたが、お知佳はじっとしている。甘いやわらかさを存分に味わったあと、丈右衛門はそっと唇を離した。お知佳が照れたように下を向く。

「お知佳さん、一緒になってくれないか」

口を吸った勢いのまま丈右衛門はいった。

「前からずっと考えていた。今、急に思いついたことではない」

「はい、よろしくお願いします」

お知佳はうなずいてくれた。

「ありがとう」

丈右衛門はほっとした。

「一つ申しわけないことは、わしがお知佳さんとはくらべものにならないほど老い先短いことだ」

「関係ありません」

お知佳が即座に答えた。

「どれだけ二人して、私たちの場合すでに三人ですけど、一所懸命に生きられるか、そしてどれだけ中身のあるときをすごせるか、それが肝心だと思います。歳のことは気になさらずにけっこうです」

「ありがとう」

「いえ、生意気を申しあげました」

「生意気など、とんでもない」

それにしても、あまりにたやすく一緒になることが決まって、丈右衛門には拍子抜けの気分がないわけではない。

こんなことなら、うじうじ悩まずにもっとはやく告げておけばよかった。

いや、そういうわけではないのだろう、とすぐに思い直した。時宜《じぎ》を得るという言葉があるが、つまり今がそういう瞬間だったにちがいない。

「あの丈右衛門さま、こんなときになんなんですけれど……」

丈右衛門はお知佳の顔を見た。また口を吸いたい気持ちに駆られたが、その思いは無理に抑えこんだ。

ぴんとくるものがあった。

「お勢のことか」

「ええ、ちょっと気になります。泣いているような気がしてなりません」

「だったら戻ろう」

二人してお知佳の長屋に戻りはじめたが、ずいぶん遠いところまで来てしまったなあ、と丈右衛門は向島の端のほうまで行ったことを少し後悔した。

ようやく深川島田町にあるお知佳の長屋のそばまで戻ってきた。

お勢の泣き声はきこえてこない。そのことに、丈右衛門はほっとした。

真っ先に長屋の木戸をくぐったお知佳が、お勢を預けている女房の店の戸を叩《たた》く。女房が顔をだす。

「ああ、お帰りなさい」

「ただいま。お勢は」

えっ、という顔をした。

「丈右衛門さまの使いがいらしたから、お勢ちゃん、預けたわよ」

なに、と丈右衛門は思った。大股《おおまた》で女房の前に行く。

「お勢はいないんですか」

お知佳がただす。

「ええ、だって預けちゃったから」

「わしは使いなどだしておらぬ」

「えっ、そうなんですか。でもその男の人、お勢ちゃんを引き取ってきてほしい、とお知佳さんから頼まれたといってましたた」

「使いの男は名乗ったか」

丈右衛門がきくと、女房は顎《あご》を引いた。

「はい、勇七さんと」

七

ああ、おもしろかったなあ。

いつかは仙太たちとああいう遊びをしなくなる日が必ずくるのはわかっているものの、やはり子供と遊んでいるのはこの上ない楽しみだ。

仙太たちが成長し、鬼ごっこも剣術ごっこもできなくなるのが怖いくらいだ。

もっとも、その前に文之介のほうがお春との逢い引きで忙しくなって、遊べなくなるのかもしれない。

文之介は秋の日が暮れかかり、はやくも暗くなりはじめているなか、屋敷に帰った。

丈右衛門は戻ってきていない。まだ逢い引きを楽しんでいるのだろう。帰りたくないのではないか。

夕餉の支度をしなければならないが、少し億劫《おっくう》だった。自室で横になった。

まどろみ程度で、深い眠りではない。夢を見た。自分で、夢を見ているというのがはっきりとわかった。

おととい会ったばかりということと、ずっと考えていたことが関係しているのか、夢にはお春が出てきた。

今よりずいぶんと幼い。二人で一緒に遊んでいたが、不意にお春が文之介を突き飛ばした。そのまま走り去っていった。

文之介は、どうして突き飛ばされたのかわからず、呆然とした。すぐに我に返り、お春を追いかけたが、お春の足ははやく、どんどん遠くに行ってしまった。

待てよ、といおうとしても喉《のど》がひからびたようになっていて声が出ず、焦りばかりが募った。結局、お春の姿は見えなくなり、文之介は路上に一人取り残された。

文之介は目覚めた。起きあがり、部屋を見まわした。寝汗《ねあせ》をかいている。

なんだ、今の夢。

あと味が悪かった。本当にお春がいなくなってしまったような感じがする。三増屋《みますや》に行き、確かめたい心持ちになった。

そんなことがあるはずがあるまい。

自らにいいきかせ、気持ちを落ち着けた。外は暗く、障子の向こう側は闇が潮のように満ちている。

部屋を出て、台所に向かう。まだ丈右衛門は帰ってきていない。

親父のやつ、本当に今夜は戻ってこないかもしれねえぞ。

飯を炊き、手ばやく味噌汁をつくる。おかずらしいおかずはないが、わかめの味噌汁にたくあん、梅干しがあれば別になにもいらなかった。

でも魚は食いてえな。お春が来るようになったら、きっとつくってくれるだろう。待ち遠しかった。

夕餉を終え、朝と同じく食器を洗う。水を切っていると、文之介を呼ぶ声が玄関のほうからきこえた。

文之介は急ぎ足で向かった。

玄関の外に、一人の男が立っていた。勇七の父親の勇三《ゆうぞう》だ。

勇七の身になにかあったのか。悪い予感が背筋を電光のように走り抜けていった。

勇三の顔は血走っているが、せがれが自ら命を絶ったというほどの緊迫の色はあらわれていない。

「久しぶりだな」

文之介は冷静さを取り戻して、声をかけた。

「ええ、いつもせがれがお世話になっております。ありがとうございます」

「いや、世話になっているのは俺のほうだ。なにかあったのか」

「ああ、そうでした」

勇三が小腰をかがめる。

「先ほど、ご隠居があっしらの中間長屋にいらしたんです。勇七をお捜しでした。あっしはせがれは朝からいません、とお答えしました」

丈右衛門が勇七を捜している。なんのためにだろう。

「それで」

「ええ、あっしはご隠居に頼まれて、文之介さまにお知らせにあがりました。お勢ちゃんという赤子をご存じですね。その子が勇七と名乗る男に連れ去られたことを、文之介さまに知らせてくれとのことです」

「お勢が連れ去られた」

「ご隠居はそうおっしゃっていました。連れ去った男の人相、歳、体格などすべてが勇七とはちがうんですが、一応、ご隠居は確かめるために中間長屋にいらしたようです」

「今、父上は？」

「お知佳さんという女性《にょしょう》の長屋にお戻りになっています」

勇三に礼をいって駄賃《だちん》を渡した。勇三は恐縮していたが、こういうときただですますわけにはいかない。

屋敷の門の前で勇三とわかれ、文之介は平服のままお知佳の長屋に向かった。お勢が何者かにかどわかされたのが最も考えられる以上、奉行所の役人のなりをしてゆくのは得策ではない、と判断してのことだ。

深川島田町にあるお知佳の長屋には、すでに文之介の上役の与力である又兵衛も来ていた。文之介と同様、非番のような格好をしている。

「それがしに、事情をきかせていただけませんか」

文之介は、苦悩の色を顔に深く刻《きざ》んでいる丈右衛門にいった。

丈右衛門が語りはじめる。

その声をきく限りさすがに平静だ。だが、どうやら丈右衛門は自分の絡みでお勢がかどわかされたと考えているようだ。苦悩の色はそのためなのだろう。

あるいは、と文之介は思った。これは父上だけのことではないのかもしれない。自分にも関係しているのではないか。だから、お勢をかどわかした者は勇七の名をだした。

「それにな……」

丈右衛門がつぶやく。

「眼差しを感じたんだ。おととい、お知佳さんと一緒にいたときだ」

そうなのか。

父上、と文之介は呼んだ。

「それがしもです。昨日、番所の大門のところで眼差しを感じました」

「誰が見ていたか、わかったか」

「いえ」

文之介は自分の考えを述べた。

「ふむ、嘉三郎という男か。押しこみの一人だったな」

丈右衛門が軽く首を振った。

「頭には入れておくが、今はまだ決めつけぬほうがよかろう」

それには文之介も同感だった。

お知佳は部屋の隅で泣いていた。両手を顔に押し当てている。

「お勢を置いていかなければ……。私だけいい目を見て、罰が当たったんだわ」

だがこれはきっと、起きるべくして起きた事件なのだろう。今日でなくとも、きっといつか起きたのだ。文之介にはそう思えてならなかった。

奉行所から人相書の達者である池沢斧之丞《いけざわおののじょう》が来て、お勢を連れ去った男の特徴を、お勢を預かっていた女房からききだしていた。

しかし男はほっかむりをしていたそうで、正直、斧之丞にはさしたる手応《てごた》えはないとのことだ。人相書はあまり当てにならないと思ったほうがよさそうだ。

一つはっきりしているのは、背丈が五尺もなく、小男だったということだ。

「父上、これからどうされます」

文之介は、お知佳にきこえないように小声できいた。

「犯人から身代《みのしろ》の要求があるかもしれん」

丈右衛門もささやきで返す。

「ここに泊まりこもうと思う」

「わかりました」

又兵衛にも異存はないようだ。下手に奉行所の者をこの部屋に張りつかせるより、経験豊かな丈右衛門にまかせたほうが得策、という判断も働いたのだろう。

文之介は、深川島田町の自身番で夜を明かすつもりだった。

お知佳の長屋を出て、文之介は又兵衛とともに自身番に向かった。

早足で歩きながら空を見あげた。月がかかっている。半月だが、さすがに秋の月だけに明るく、提灯《ちょうちん》がいらないくらいに照らしてくれている。

文之介は、先ほど屋敷にやってきた勇三の言葉が気にかかっている。

勇七のことだ。朝から出かけているとのことだったが、どこに行ったのだろう。

八

お克さん。

勇七は、薄汚い壁に向かって呼びかけた。

「やだよ、お客さん。あたしの名は、おかねさんだよ。まちがわないで」

勇七は、目の前の女を見た。派手な着物を身にまとっている。化粧もどぎつい。顔から首筋にかけておしろいを塗りたくっていて、そのにおいで勇七はむせそうだ。

畳の上の徳利をつかみ、杯《さかずき》に注いだ。勇七は一気に飲み干した。

「相変わらずいい飲みっぷりねえ」

女がもてはやすようにいう。わざとらしく拍手もした。

「でもお客さん、ここがどこかわかっているんでしょう。お酒ばっかりじゃ、つまらないんじゃないの」

その通りだ。勇七は杯を置くや、女を布団に押し倒した。あれー、と女がうれしそうに叫ぶ。

勇七は女にむしゃぶりついていった。女体のやわらかさにのめりこみそうになったが、女の手が股間《こかん》にのびてきて、はっとした。

「あれ、お客さん、若いのに……」

勇七は狼狽《ろうばい》した。女が、なんでもわかっているのよ、といわんばかりにやさしげな微笑をつくる。

「お客さん、もしかしてはじめてなの」

勇七は答えない。実際のところそうなのだが、こういうところに来てそんなことはいいたくない。

「そんなわけないだろう」

勇七はいい放ってもう一度挑んだが、どうしても役に立たない。

駄目だ。

勇七は女から離れ、布団に大の字に転がった。

駄目だ、俺は。なにをやっても駄目だ。

もうなにをする気にもならなかった。

喉がうずいた。酒がほしい。

勇七は起きあがり、酒を口に含んだ。安酒で苦いが、この味は今の自分に合っている。苦ければ苦いほどいい。

はあ、と酒臭いため息が出た。

お克さん、子供を産んじまったんだなあ。

お克が太っていたのは、子をはらんでいたからなのだ。そして、産んだからやせたのだろう。

「お客さん、なに、ぶつぶついっているの」

女がしなだれかかってくる。

「お客さん、見れば見るほどいい男だねえ」

女が勇七の腕を引く。

「もうお酒はやめなさいよ。あたしがすべて教えてあげるから」

媚《こ》びを含んだ目で誘う。

勇七はうっとうしかったが、払いのけるような真似はしない。

「いや、ちょっと待ってくれないか」

「待つのはいいんだけど、あまり飲みすぎると、ほんとに駄目になっちゃうわよ」

お克の出産を知り、勇七としては娼婦《しょうふ》にめちゃくちゃにしてほしい、という願望があった。それに酒も飲みたくてならなかった。それが同時にできるところは岡場所《おかばしょ》以外、考えられなかった。

今は、やってきたことに少し後悔がある。

勇七は女の手をさするようにしてから、静かにどいてもらった。

「もうしないの」

女がきく。

「酒を頼むよ」

「まだ飲むんですか」

「頼むよ」

わかりました。あきれた様子を隠そうともしないで女が部屋を出ていった。

はあ、と勇七は再びため息をついた。目を閉じる。

目の前にお克がいる。赤子を抱いている。もう本当に自分の手の届かないところに行ってしまったことを実感する。

でもこうして目を閉じているのは気持ちいい。睡魔がおいでおいでをしている。寝てしまうわけにはいかない。敵娼《あいかた》が酒を持ってくるのだから。

もうあと少しだけ飲みたい。だが目をあける気にはならない。


頭が痛い。

勇七は目が覚めた。気持ちが悪く、戻しそうな感じがある。厠《かわや》に行きたい。

布団を出ようとして、そばに女がいるのに気づいた。

勇七は跳びあがりそうになるほどびっくりした。頭の痛みがひどくなった。

ここはいったいどこなんだ。

勇七は頭を抱えて、部屋を見まわした。薄汚れた壁が目に入る。

ああ、そうか。

女が口のなかでなにかつぶやくようにいって、目をひらいた。瞳が勇七をとらえる。

「起きたの」

「ああ。厠はどこかな」

女が布団から立ちあがる。

「連れていってあげる」

「いや、そこまでしなくていい」

「いいのよ、あたしも行きたいから」

厠に行ったが、戻すようなことにはならなかった。

そのまま勘定を支払い、岡場所をあとにした。詳しいことはわからないが、酒代がものすごく高くついたのはまずまちがいないようだ。

太陽がまぶしい。秋らしい透明な光だが、どうしてかひどく蒸し暑く感じられた。それに体がふらふらしていてまっすぐ歩けない。

しかも酒臭い。息だけでなく、体からもにおっている。それが自分でもわかるし、行きかう人が、うっという顔をして避けてゆく。

勇七はそれだけで申しわけない気持ちになり、どこか人のいないところに行きたくなった。

実際には町は人が多く行きかっていて、勇七が人目から隠れられるような場所はどこにもなさそうだ。

どこへ行く当てもなく、ふらつきつつ勇七は歩き続けた。なんとか行き会う人に突き当たらないようにするのが精一杯だ。

とてもではないが、こんな状態では文之介の役には立たない。

でも行かなければ、文之介は心配するだろう。

喉が渇いた。茶店が目についた。揺れる体をなんとか押さえこんで、縁台に腰をおろす。

「いらっしゃいませ」

小女が寄ってきたが、酒臭さに気づいて笑みがややかたいものになった。

「茶をもらえるかな」

また戻しそうになったが、かろうじてこらえる。

「承知いたしました」

小女がそそくさと遠ざかってゆく。

茶はすぐにもたらされた。湯飲みを盆にのせて持ってきたのは、この店のあるじらしい親父だった。小女にはきらわれてしまったようだが、そのほうが勇七には気楽だった。これだけ年を経た親父なら、同じような経験は何度もしているだろう。

茶はうまかった。体に染み渡る。

勇七はおかわりをもらった。次から次に飲み干し、結局、五杯を胃の腑《ふ》におさめた。

それで少しは人心地ついた。

今、何刻《なんどき》なのだろう。ふと思い、勇七は身を乗りだして太陽を見た。かなり高い位置にある。すでに昼に近いのではないか。

ああ、まずいなあ。文之介のことを考えたら、胸が痛んだ。

でも、と勇七は思った。今から行っても仕方ねえよ。だるさと自堕落な感じが体を覆っている。

勇七は湯飲みを片手に長い息をついた。

俺なんか、もうどうなってもいいや。

九

うまくやった。

嘉三郎は捨蔵を内心でほめたたえた。この隠れ家に、お勢がやってきているのがその証だ。

今はぐっすり寝ている。大人ならいびきでもかきそうな熟睡ぶりだ。

嘉三郎が丈右衛門とお知佳を見張っているときから母親の背中で寝てばかりいたが、それはここでも変わらない。

静かなのはありがたい。赤子はよく泣くからきらいだ。

捨蔵が飽かずにお勢を見ている。添い寝をするような格好だ。

「おめえ、赤子が好きなのか」

嘉三郎は箸をとめてきいた。目の前にあるのは昼餉の膳だ。捨蔵がつくったものだが、やはりうまい。卵焼きなど、こんなにうまいのを食べたのはいつ以来か思いだせないほどだ。やはり、こいつは商売をまちがえたのではないだろうか。

「好きですよ。かわいいですもの」

「あまり情を移さねえようにするこった」

捨蔵が眉を曇らせる。

「殺すんですかい」

「どうだかな」

「そいつはやめましょう」

「どうしてだ」

「だってこんないたいけな赤子を殺しちまったら、罰が当たりますよ」

「罰だと」

嘉三郎は鼻で笑った。

「そんなもの、あるんだったらとっくに当たってる」

その声に驚いたのか、お勢が勢いよく目をあいた。かどわかされたのを解したかのように泣きだした。

「うるせえぞ。捨蔵、なんとかしろ」

「わかってますよ」

捨蔵が抱きあげ、あやしはじめた。よしよし、いい子だから泣きやんでね。猫なで声でいったが、お勢の泣き声はさらに激しさを増している。

「腹が空いてるんじゃねえのか」

「かもしれませんね。この子、よく飲みますから」

捨蔵がお勢に与えているのは、砂糖を湯で溶いたものだ。捨蔵は砂糖という高価なものを自腹で買ってきている。

捨蔵はいそいそと砂糖を湯飲みにさじで数杯盛り、鉄瓶《てつびん》の湯を注いだ。そのあいだもお勢は泣きっぱなしだ。

近くに人家はなく、この声をききつけられることはまずないだろうからいくらでも泣いてもらってかまわないが、この泣き声は嘉三郎にはとにかくうっとうしい。蟬《せみ》の季節はとうに終わったのに、新たな蟬があらわれたような気分だ。

嘉三郎は立ちあがり、お勢のもとに足音荒く近づいた。

「泣きやまねえと、本当に殺すぞ」

「嘉三郎の兄貴、無理をいわねえでくだせえよ。この子にはなにもわかりませんから」

「捨蔵、とっとと泣きやませな」

へい、といって捨蔵はお勢に、息を吹きかけて冷ました砂糖入りの湯を飲ませようとした。しかしお勢は飲もうとしない。

「なんだい、ちがったか。おしめか」

捨蔵がおしめに手を当てる。

「ああ、なんだ、こっちでしたよ」

捨蔵は嬉々《きき》としていい、おしめを手際よく替えはじめた。

「おめえ、そんなのいつ覚えたんだ」

「嘉三郎の兄貴は、近所に太呂助《たろすけ》という男がいたの、覚えてますかい」

「子供の頃の話だな。ああ、なんとなく覚えている。おめえと仲がよかったやつだな。よく一緒に遊んでたじゃねえか」

「ええ、そいつです。太呂助のところはおっかさんが産後の肥立《ひだ》ちが悪くて死んじまって男ばかりでしてね、生まれたばかりの赤子の世話ができる者がろくにいなかったんですよ。それであっしが買って出たって寸法でしてね」

「そうだったのか。おめえ、あんなちっちゃな頃、そんなことしてたのか」

「今でもちっちゃいですけどね」

おしめを替えてもらったことで気がすんだのか、お勢は静かになった。家のなかは静寂に包まれ、秋の物悲しい気に満たされたような気分に陥った。

「しかしおめえ、どうしてそんなに一所懸命なんだ。太呂助のところの赤子の世話をしたことがあるだけじゃ、そこまでやれるもんじゃねえぞ」

お勢の額に浮いた汗を手ぬぐいでそっとふき取ってやってから、捨蔵が顔をあげた。少し不思議そうな表情をしている。

「いってませんでしたかね」

「なにを」

「あっしは捨てられたとき、一緒に妹がいたらしいんですよ。それで、なんとなく放っておけない気持ちになっちまっているんですよ」

「その妹はどうしているんだ」

「さあ」

「知らねえのか」

「多分、よそにもらわれていったんじゃないかって思うんですよ。生きているといいんですけどね」

「名は」

「知りません」

「生きているにしても、名も顔もわからねえじゃどうしようもねえな」

「まあ、そうなんですけどね」

捨蔵が寂しげな顔をする。こういう顔をすると、咎人《とがにん》ではないような幼さがくっきりとあらわれる。そのあたりにいる町人のほうがよほど気が強そうだ。

「嘉三郎の兄貴」

必死な顔で呼びかけてきた。

「なんだ」

「この子、殺しませんよね」

「そんなのを気にしてたのか」

嘉三郎は笑い飛ばした。

「殺さねえよ」

「ほんとですね」

「本当さ。はなから殺す気などねえよ。なにしろ大事な役目があるからな」

「大事な役目ってなんです」

「そいつはあとの楽しみにしておきな」

「嘉三郎の兄貴がそういうんなら」

捨蔵が咳払《せきばら》いする。また眠りはじめたお勢を気づかって、静かなものだ。

「次はなにをするんですかい。これも教えてもらえないんですか」

「俺の頭のなかじゃあ、すでに策はできあがっている」

嘉三郎は隅の文机《ふづくえ》の前に腰をおろした。行灯《あんどん》を灯《とも》す。

紙を用意し、墨をすりはじめた。

第二章　駄賃二十文

一

鳥の鳴き声がしはじめた。

夜が明けてきたんだなあ、と文之介はぼんやりと思った。

しかし、慣れない場所で一晩をすごすのはつらい。体の節々が痛い。頭も鉛でものせられたかのように重い。

文之介は結局、深川島田町の自身番で夜明かししたのだ。夜更けまで一緒にいた又兵衛は、九つ前に奉行所に戻っていった。

なにが起きるかわからないために文之介は一晩中起きていたが、お知佳の長屋から使いが走ってくることはなかった。とりあえずなにもなかったということなのだろう。

しかし、なにもなかったという状況は、喜ばしいものとは決していえない。やはり動きがあったほうが、じっと待つよりもいいに決まっている。

お知佳さんは、と文之介は思った。眠れなかっただろうな。それは丈右衛門も同じに決まっている。

あの二人は、同じ部屋で一夜を越したことになる。

だからといって、二人のあいだになにがあったということにはなるまい。丈右衛門がこんなときに、お知佳に手をだすような真似をするはずがない。

今、自身番には町役人が一人つめているだけだ。三畳の小あがりのような座敷の隅で、うつらうつらしている。

深川島田町の町役人のなかでは一番若いのだろう。三十にはまだいっていないのではないか。

ほかの町では二十代前半という、文之介と似たような歳の町役人はいくらでもいる。

それにしても、気持ちよさそうな寝顔をしている。それを眺めているうちに文之介は、知らず目を閉じていた。

どこかで物音がした。

なんだ、今のは。

目をあけた。文之介は土間におりた。外の気配を嗅《か》ぐ。

人が歩く気配がいくつか重なっている。文之介は静かに戸をあけた。しじみやあさり、納豆や卵などを売り歩いている者たちだ。

むっ。戸の下に文が置かれている。

宛名《あてな》は丈右衛門になっていた。

下手人からだな。

文之介は直感した。

しくじった。さっきの物音は、この文が置かれたときのものだろう。

眠っていなかったら、下手人を取り押さえることができたかもしれないのに。

いや、ここで後悔してもはじまらない。文之介は町役人を起こし、文が届いたからお知佳の長屋に行ってくると告げた。

「えっ、文ですかい」

「うん、これだ」

文之介は掲げてみせてから自身番を出た。絹のような靄を突っ切るように急ぎ足で行く。

この自身番に、と文之介は靄の向こうに屋根だけが見える建物を振り返って思った。

町方役人がつめているのは、下手人側に知られているということか。

文之介としては文の中身を見たかった。しかし我慢した。この文の封を切るのは丈右衛門の役目だろう。

お知佳の長屋に着いた。まわりには奉行所の者が張っている。そういう者たちにわかる程度に文之介はうなずいてみせた。

静かに戸を叩く。間を置くことなく人影が立ち、戸が横に滑った。

丈右衛門が土間に立っている。

「これが自身番に」

文之介は文を手渡した。

受け取った丈右衛門が畳にあがり、座りこんだ。背筋のぴんとのびた姿勢で文面に目を落とす。

お知佳が文之介に挨拶《あいさつ》してから丈右衛門のそばに寄ってきた。やはり憔悴《しょうすい》の色は隠せない。

「先にいいか」

丈右衛門が文之介にきいた。文之介より先にお知佳に見せてもいいか、ときいているのだ。文之介は、もちろん、と答えた。

お知佳がすぐに読みはじめる。顔色が変わった。

お知佳が文之介に渡す。手が震えている。

文之介は即座に読み終えた。文に記された文字は意外な達筆で、身につけた学問の高さを覚えさせた。

文は、お勢の身代として千両を要求していた。お勢は元気にしている、いつもぐっすりと眠っているから安心していい、とも書かれていた。

咎人のいうことだからどこまで信じられるか心許ないものはあるが、よく眠るというのは実際にお勢がそうしていないとわからないことではないか、と思われた。

お知佳にもそれがわかったようで、ほんのわずかながらも表情に明るさが戻った。だが千両に思いが至ったのか、すぐさま顔には暗さが刻まれた。

「父上、千両はどうしますか」

文之介はきいた。むろん、奉行所が用意してくれるはずもない。

「手立ては一つだな」

丈右衛門は身代を要求された場合、どうするかすでに考えていたようだ。それは文之介も同じで、丈右衛門の考えと一致した。

「では、行ってまいります」

文之介は土間で雪駄を履いた。

「お知佳さん、心配するな、というのは無理だろうけど、それがしたちにまかせてください。きっとお勢ちゃんを取り戻してみせますから」

よろしくお願いします、というようにお知佳が頭を下げる。

お知佳の長屋をあとにした文之介が足を運んだのは、三増屋だ。

早朝だが、いつもと変わらず奉公人たちは忙しく立ち働いている。このあたりはさすがに大店という雰囲気が感じられた。

奉公人はすべて男だが、動きがきびきびしていて無駄がない。このあたりは主人の藤《ふじ》蔵《ぞう》のしつけがなされていると見るべきだろう。

小売りもしていて、味噌などを求めに来た者の姿もちらほら見えている。味噌や醤油のなんともいえないいいにおいが店先に漂い出ている。

文之介は店の敷居を越えた。

「いらっしゃいませ」

奉公人が寄ってきた。顔見知りの手代《てだい》で、文之介のことをよく知っている。

「藤蔵に会わせてほしい」

「承知いたしました」

文之介は客間に導かれた。

「呼んでまいりますので、しばらくお待ちください」

手代は襖《ふすま》を閉めて去っていった。

お春のことが頭に浮かんだが、今はそんな場合ではなかった。

廊下を渡る足音がし、それが客間の前でとまった。失礼いたします、と襖があく。

主人の藤蔵が顔を見せた。頭を下げてから文之介の前に来て、きっちりと裾《すそ》を折りたたんで正座する。

「こんなに朝はやく、すまねえ」

「いえ、それはかまいませんが、なにかあったのですか」

藤蔵は案じ顔をしている。文之介は事情を話した。

「わかりました。千両を用意すればよろしいのですね」

深く顎を引いた藤蔵は番頭に指示をだし、千両箱を蔵から運びださせた。そのすばやさに、文之介のほうが驚いた。

裏庭に荷車が引かれてきた。荷台に千両箱が積まれ、筵《むしろ》がかけられる。縄でがっちりと結ばれた。

「これで落ちませんよ」

藤蔵が笑顔でいう。

「じゃあ、借りてゆく」

「いえ、差しあげます」

「いや、そういうわけにはいかん」

「手前どもはご隠居をはじめとして、御牧家の方々には多大なご恩を受けています。今がそれを返す、一つの機会にございましょう」

お春が赤子の頃かどわかされたとき、現役だった丈右衛門がお春を無事に救いだしたという事件があったときく。十数年も前のその事件も、藤蔵がいう恩のなかに入っているのだろう。人の命は金に換えられないというが、藤蔵はその恩にくらべたら、千両もの金も安いものと思っているにちがいない。

荷車が道に引きだされ、三増屋の若い者が梶棒《かじぼう》を握った。もう一人の若者がうしろにつく。

「行きますか」

藤蔵がきく。

「一緒に来てくれるのか」

「もちろん」

「ありがとう」

藤蔵の合図で荷車が動きはじめた。

文之介は緊張している。なにしろ千両などという大金は、見る機会すら滅多にない。もしここで奪われたら、とどきどきしてならなかった。

文之介は目を光らせつつ、お知佳の長屋に向かった。向こうからやってくる人たちが驚くほど、にらみつけた。

「文之介さま、そんな顔をされることはございませんよ」

うしろから藤蔵がやんわりと声をかけてきた。

「その通りだな」

文之介は全身から力を抜いた。もしここで襲われたら、こんなに力んでいては体が自在に動くまい。

永代橋を渡り、歩き続けた。途中、永代寺門前町《えいたいじもんぜんちょう》を通ったとき文之介は眼差しを感じた。

どこからか見られているのをさとり、さりげなく目で捜した。本当ならそのあたりをくまなく捜したかったが、荷車を離れるわけにはいかない。

嘉三郎だろうか。いや、先走らないほうがいい。ここは丈右衛門のいう通り、虚心《きょしん》になったほうがいい。

いろいろな者が行きかっている。行商人、蔬菜《そさい》の入った籠《かご》を背負う百姓、商人の主従、江戸見物に来たらしい旅人、供を連れた勤番侍《きんばんざむらい》、遊び人らしい者。

そのなかで、怪しい眼差しを文之介に送ってきている者は一人もいなかった。

二

嘉三郎は背中の籠をしょい直した。蔬菜が軽い音を立てる。

野郎、気づかなかったな。

嘉三郎は心中でにんまりした。実際のところ、ほんの五間ほどをへだてているにすぎなかった。

それなのに、まるで気づかなかった。たいした腕ではないのだ。いや、たいした腕どころか、間抜け野郎だ。

嘉三郎は百姓のなりをしている。文之介たちの様子を、見つめることなくうかがっていた。むろん顔には泥を塗りたくり、ほっかむりをしている。背中も丸め、できるだけ年寄りくさく見えるようにしていた。

もともと商売は得意で、天職なのではないかと思えるくらいだ。実際に女房たちに呼びとめられては、蔬菜を売り続けている。

これは格好の目くらましになるはずだ。御牧文之介ごときに見破られるわけがない。

しかし、そんな間抜けに仕事に関してだし抜かれたことに、嘉三郎は腹が立ってならない。

あの野郎は、俺たちの押しこみ先に先まわりしていたのだ。それがために、権埜助たちはお縄にされた。

嘉三郎が逃げ切れたのは運がよかったにすぎない。捕り手はほとんどが腰抜けだ。もし腕がよく度胸が据《す》わっている捕り手が何人かいたら、俺は権埜助たちと同じ運命をたどっていた。

そうなのだ、と嘉三郎は思った。俺は、御牧文之介のことを認めなければならない。いや、すでに認めている。だから綿密に策を練っているのだ。

やつは間抜けなどではない。油断のならねえ野郎だ。あるいは奉行所一の切れ者かもしれねえ。きっとそうだ。ふやけた顔をしているように見えるが、あれで頭の働きはなかなかのものだ。

やつの弱点を握らなければならない。

嘉三郎は、今は半町ほどの距離を取っている。もうあまり近づく必要はない。荷車がどこに行くかなど、とうにわかっている。

文之介のそばに従者よろしくついているのは、三増屋のあるじだ。確か藤蔵といったはずだ。醤油や味噌を扱う大店であるのは知っている。

どうやら、文之介はあの三増屋藤蔵に千両を用立ててもらったようだ。荷車の筵の下は千両箱だろう。

三増屋と文之介が親しくしているのは知っていたが、まさかここまでの仲とは知らなかった。訪れてすぐに千両を融通するなど、並みの仲ではない。

文之介と三増屋のあいだには、なにかあるのだ。あるいは、丈右衛門と三増屋のあいだかもしれない。

よほどの恩なのではないか。でなければ、ぽんと千両、小遣いをやるみたいにだせるわけがない。

これかな。

嘉三郎は、声をかけてきた女房に青物を手渡して思った。どうやら、御牧父子の弱点が見つかったような気がする。

これ以上、文之介を追っても仕方ない。背中の籠も空になった。

嘉三郎は体をひるがえした。早足で歩く。

三増屋の前に着いた。あらためて店構えを目の当たりにし、こいつはすげえな、という思いにとらわれた。

店の奥のほうへ入りたい。だが、この格好では無理だ。籠には売り物もない。

得意の小間物売りとして訪れるのが、最もいい手立てのように思えた。

だが、そこまでやる必要はないのではないか。ただ、御牧家とこの店の結びつきが知れればいいだけのことだ。

どうすべきか考えていると、味噌を買ったらしい女房が、三増屋から出てきた。暖簾のところで、店の手代らしい男と軽口をきいている。親しさが感じられた。

じゃあね、と手を振って歩きだした女房は人のよげな顔をしている。しかも、明らかに話し好きそうだ。

こういう女はちょっと餌《えさ》を投げてやれば、すぐに食いついてくる。

「あの、ちょっとすみません」

三増屋から半町ほど離れたとき、嘉三郎は女房に声をかけた。女が私のことかしらとばかりに立ちどまり、振り返る。

「ちょっとおききしたいんですが」

「ええ、なんですか」

「あの、あっしは三増屋さんに青物を売りこみたいと思っているんです。おかみさんは、三増屋さんと親しいようにお見受けしましたが、まちがいございませんか」

「親しいというほどでもないけど、味噌と醬油はずっとあの店で買っているわよ。物がいいから」

「さいですかい。三増屋さんは、ご家族はたくさんいらっしゃるんですか」

「ご主人にお内儀《ないぎ》、跡取りの息子さんに娘さんよ。奉公人は三十人はいるんじゃないかしら。もっとかしらね」

とびきりの大店というわけではないが、やはり老舗《しにせ》らしいのははっきりとわかる。

「四人家族ですか」

「ええ、そうよ。そのなかでも娘さんが美形なの。そのうちどこかにお嫁に行くんだろうけど、その果報者の顔を拝みたいものだわ」

嘉三郎も拝みたかった。もっとも、それは美形の娘のほうだ。

それだけ美形なら、と嘉三郎は思った。御牧文之介はまちがいなく惚《ほ》れているのではないか。きっと嫁にしたいと思い描いているのではないか。

「あの、その美形の娘さんというのは、なんという名なんですか」

「お春ちゃんよ。歳は確か十八だったかしらね」

「一番きれいな年頃ですね」

「本当にそうよね」

「おかみさんもその頃は輝くようだったんでしょうねえ。今もとてもきれいですけど」

嘉三郎が世辞をいうと、女房は大口をあけて笑った。

「私なんか、全然駄目よ」

謙遜《けんそん》していったが、気を悪くしているはずがない。

「三増屋さんに青物を売りに行くのなら、私の長屋にも必ず寄ってね。すぐそこだから。ほめてもらったお礼に、たくさん買わせてもらうわ」

「ありがとうございます」

ここで女房とわかれた。

あとは御牧家と三増屋の深い結びつきの謎《なぞ》を知りたかったが、それを探りだすのは難《なん》儀《ぎ》かもしれない。

それにしても、お春という娘はどのくらい美しいのだろう。なんとなく、想像がつくような気がした。

いまだに目にしたことのない美形の娘を脳裏に思い描いたら、自分のものにしたいという欲求が一気に募ってきた。

三

縄がはずされ、千両箱が姿をあらわした。すぐに若者の手で店《たな》に運びこまれた。

さすがに、その重さがじかに伝わってくるような気持ちになる。千両箱というのは、そこにあるだけで胸を圧《お》すものがあった。

「かたじけない」

正座した丈右衛門は、藤蔵と二人の若者に礼をいった。

「いえ、なんでもございませんよ」

藤蔵はそれだけをいって、頭を下げ返してきた。二人の若者もあるじにならった。

藤蔵が、気がかりそうな目を右手に向けた。そこにはお知佳が寝ている。

一度は気持ちを立て直したが、やはり愛娘《まなむすめ》をかどわかされたことはあまりに大きく、再び倒れるように布団に横になったのだ。

丈右衛門は飯を食べるようにいったが、お知佳の喉には通らない。ひどくやつれてしまい、昨日、求婚したときとは別人になってしまっている。

そういうお知佳の姿を見て、丈右衛門は、責任を痛感せざるを得ない。

わしのせいだろうな。

それ以外に、お勢がかどわかされる理由がない。

ただし、千両がこうしてととのったことには安堵《あんど》した。藤蔵には、礼をいくらいってもいい足りない気分だ。

藤蔵は二人の若者をうながし、帰っていった。丈右衛門は長屋の路地まで出て、見送った。文之介も同様だ。

藤蔵たちが見えなくなるまで見送った丈右衛門は、やや冷たささを覚えさせる風に追われるようにして店に戻った。

「父上」

横に座った文之介が話しかけてきた。

「ここに来る途中、それがし、またも眼差しを感じました。残念ながら、眼差しの主を見つけることはできませんでしたが」

「そいつは仕方あるまい」

文之介が遣《つか》い手であるのは、下手人側も知っているはずだ。それなりの工夫をしてつけてきていたにちがいない。

文之介が視線を感じたということは、と丈右衛門は思った。下手人のほうでは、ここにすでに千両があることを知ったということになるのだろう。

丈右衛門は腕を組んだ。目の前に茶の入った湯飲みがある。

せめて茶でもと思ってお知佳のためにいれたものだが、お知佳は飲まなかった。

丈右衛門は湯飲みを手にした。茶は冷たくて、それがむしろ心地よかった。頭がさえるような気がする。

「次の文がくるかもしれぬな」

「ええ、じきでしょうね」

しかしそのことがわかっても、打つ手はない。丈右衛門としては待つしかなかった。

文之介は、深川島田町の自身番に戻っていった。


ときがたつにつれ、風は強くなってきた。戸が音を立てて揺れる。

それでもお知佳は目を覚まさない。いや、眠ってはいないだろう。ただ、起きられないだけなのだ。

風は夕方近くになってさらに強くなった。初冬に吹く木枯らしのようだ。

戸が鳴った。最初は風のせいと思ったが、誰かが叩いているのがわかった。

「あけますよ」

外からいったのは文之介だ。すぐに戸が滑り、風が入りこんできた。戸はすばやく閉じられたが、風と一緒に入ってきたのは文之介だけではなかった。

土間に小さな影が立っている。

「その子は……」

丈右衛門は見つめた。文之介とよく遊んでいる子供の一人だ。屋敷の庭で何度か顔を見かけたことがある。

名は確か――。

「仙太ちゃんだな」

「さすがですね」

やや顔をかたくしている文之介がうなずいた。

どうしてここに仙太がやってきたのか。丈右衛門は考え、即座に答えを導きだした。

「あがるか」

ええ、と答えて文之介が仙太の背中をやさしく押した。履物《はきもの》を脱いだ仙太が、失礼します、とはきはきした声でいって、ちょこんと正座した。横に文之介が座る。

「仙太ちゃんが文を持ってきたのだな」

文之介が一瞬びっくりしたような顔をしたが、すぐに平静な表情に戻った。

「その通りです。先ほど自身番に来て、この長屋の場所をきいてきたからそれがし、さすがに驚きました」

「ということは……」

丈右衛門はいいかけて、言葉をとめた。文之介がどこまで仙太に話しているか、わからない。

その丈右衛門の思いをさとって、文之介が語る。

「自身番からここに来るあいだ、どういうことが今起きているのか、だいたいのことは話しました。残念ながら、仙太は下手人の顔を見ていません」

仙太が申しわけなげな顔になる。

「深くほっかむりしていて、ろくに顔は見えなかったようです」

「そうか。それなら仕方あるまい。——仙太ちゃん、気にすることはないぞ」

仙太が小さく笑みを見せる。

仙太、と文之介が静かに呼びかける。

「父上に文を」

はい、と仙太が懐から文を取りだした。本来なら文之介が文を預かってしかるべきだろうが、文之介は仙太を大人として遇《ぐう》しようとしているようだ。

「ありがとう」

丈右衛門は受け取り、封がされたままの文を見た。宛名は自分だ。封を切る。

顔がこわばったのが自分でもわかった。そんな丈右衛門を、文之介と仙太が案じる目で見ている。

丈右衛門は目をあげ、二人を見た。

「仙太ちゃんを千両の運び役にするようにいってきている」

文之介は目をみはり、仙太は、えっ、と声をあげた。

丈右衛門は文之介に文を渡した。文之介が読みはじめる。

「いつどこに千両を届ければいいか、それには触れていませんね」

「待ち伏せを恐れているのだろう。用心深さを感じるな」

「でしたら、また新たな文が届けられるということになりますね」

「そうだな。文之介、そのときとらえるつもりでいるのか」

「できれば」

しかし丈右衛門には、いくら文之介をもってしても無理のような気がした。文を届ける手段などいくらでもある。単純にまた子供をつかうという手もある。

「仙太ちゃん」

丈右衛門は呼んだ。はい、と仙太が背筋をのばす。

「文之介にも話しただろうが、わしにも文を渡してきた男の人相を教えてくれぬか。あまり顔を見ていないとのことだが、いくつくらいだと思った」

「三十すぎくらいじゃないかと」

仙太がすぐに答えたのは、文之介がすでにきいたからだろう。文之介は口をはさまず、黙って見守っている。

「顔になにかよく目立つ徴《しるし》のようなものがなかったかな」

「一つだけ」

「なにかな」

「ここのところに小さな傷があった」

仙太は自分の顎に指を置いた。

「そうか。どんな傷だった」

「一寸もないくらいの傷で、ちょうどこんな感じの傷だった」

仙太が右腕の袖《そで》をまくる。指し示すところに、長さ一寸ほどの小さな傷跡があった。

「これは、おいらが赤子のときに転んでできた傷だよ。おいらはなにも覚えていないんだけど、おとっつあんが教えてくれたんだ。すごく血が出たみたい」

「そうすると、その傷も転んでできた傷ということかな。――男の背丈はどうだった。大きかったかい」

ううん、と仙太が首を振る。

「大人にしてはちっちゃかった。五尺もないくらい」

「仙太ちゃんはどのくらいある」

「四尺六寸くらい」

五尺そこそこの大人の男はかなりいる。だが、これだってわからないままでいるのとはずいぶんちがう。

「体格はどうだい」

「やせてた。そんなにびっくりするほどじゃないんだけど、ここから見えたあばらが浮いていたから」

仙太が胸元を少しはだけてみせる。

「そうか。小柄でやせていたんだな。仙太ちゃん、その男にはどこで声をかけられた」

「手習所からの帰り」

「どういうふうに声をかけてきた」

「みんなとわかれて一人でうちに帰ろうとしていたら、横から近づいてきたんだよ」

「横から……」

これは待ち受けていたということなのか。

「仙太ちゃんの家のそばかい」

「うん、近いといえば近いかな。長屋まであと一町ばかりだったから」

つまり、その男は仙太の長屋がどこか知っていたということだ。むろん、文之介との関係も知っているのだろう。

「ねえ、文之介の兄ちゃん」

仙太が横の文之介を見あげる。

「おいら、いわなかったんだけど、駄賃もらっちゃったんだよ。二十文」

文之介が安心させるように笑う。

「もらっておいても全然かまわないけど、気持ち悪いのなら、俺が預かってもいい」

「じゃあ、そうするよ」

仙太が懐から巾着《きんちゃく》をだし、中身のすべてを文之介の手のひらに置いた。

「返さなくていいからね」

「わかった」

「仙太ちゃん」

「なに」

「その男の人相書を描きたいんだが、頼めるかな」

仙太はうなずいてくれた。

人相書の達者である同心の池沢斧之丞が奉行所から来て、仙太の前に腰をおろした。

しかし、あまりいい人相書にはならなかった。それは仙太の受け答えを見ていてもわかったし、斧之丞も手応えがない表情をしていた。

一応、手元に残った一枚の人相書を手に、丈右衛門は見覚えがないか、にらみつけた。しかし、見覚えのない男としかいいようがない。この人相書は男の顔形を正確にあらわしていないだろうから、仕方ない面はあるとはいえ、本当に見知った男ではない気がしてならない。

だが自分と関《かか》わりがないのなら、そんな男がどうしてお勢をかどわかしたりしたのか。仙太に文を託したこの男は、誰かに頼まれているにすぎないのか。

ほかに中心となっている者がいるということなのか。

それが誰なのか丈右衛門は必死に考えた。

しかし、わからない。逆に、あまりに心当たりがありすぎるともいえた。これまでとらえた悪人は数え切れないのだ。

四

「父上、仙太の家に行ってきます」

文之介は、必死に下手人のことを考えているらしい丈右衛門に告げた。

丈右衛門が顔をあげる。

「許しを得なければならんものな。だが文之介、許しを得られたとして、本当に仙太ちやんに頼めるものなのか」

「おいらはやるよ」

仙太が毅然《きぜん》としていった。

「だがな……」

「ちゃんとやるから、ご隠居、おいらにまかせてよ」

「いや、わしはそういうことをいっているんじゃないんだ」

「わかってるよ、ご隠居がおいらのことを案じてくれてるっていうのは。でもおいら、役に立ちたいんだよ」

「そうか……ありがとう」

それ以上、丈右衛門はいわなかった。

文之介は仙太を連れて外に出た。すでに日は落ちかけ、あたりは闇に包まれようとしている。戸を閉める寸前、長屋のなかをちらりと見たが、相変わらずお知佳は臥《ふ》せったままだ。丈右衛門は気がかりそうな目を当てていた。

文之介は懐から小田原提灯《おだわらちょうちん》を取りだし、火をつけた。仙太と肩を並べるようにして歩きだす。

「ねえ、おいらが千両を運べば、お勢ちゃんは帰ってくるんだよね」

「そうだ」

文之介は提灯を掲げ、仙太を見つめた。

「仙太、おまえ、本当に運べるのか」

「もちろんだよ」

「しかし、危ない目に遭うかもしれないぞ」

「文之介の兄ちゃん、おいらを守ってくれるんでしょ」

「全力でな」

「だったら、なにも危ないことなんか、起きないよ」

だが、文之介の胸にはいやな予感が兆《きざ》している。

だから仙太を行かせてはならない。だが、文のいう通りにしないと、お勢の命が危うくなるかもしれない。

どうすればいい。

いきなり手のひらが、あたたかいものに包まれた。見ると、仙太が握ってきていた。小さい手の割に意外に力強く、文之介は軽い驚きを覚えた。

「文之介の兄ちゃん、そんなに悩むことはないよ。おいらにまかせておけば、大丈夫さ」

ここは仙太にゆだねるしかないようだ。文之介は腹を決めた。

それでいいんだよ、といわんばかりに仙太がさらに手に力をこめてきた。

「ねえ、文之介の兄ちゃん。どうして勇七の兄ちゃんは一緒じゃないの。いつも二人でいるのに、珍しいこともあるもんだね」

「ああ、あいつか」

なんといおうか、文之介は迷った。今日、勇七は本当に来なかった。

奉行所の中間長屋に行ってみたものの、父親の勇三も勇七の行方は知らなかった。体を小さくして、あのたわけが本当に申しわけないことで、と文之介にひたすら謝るだけだった。

勇七が行方知れずになってしまっているなど、いくら仙太といえども本当のことをいうわけにもいかない。これ以上、心配の種を増やす必要はない。

「珍しく風邪で臥せっていやがんだ」

心苦しかった。やはり、嘘というのはどんな些細《ささい》なものでもつきたくない。

あの野郎、まったくどこにいやがんだ。

文之介は歩きながら空を見あげた。この空の下のどこかにいるのはまちがいないが、こんなときに、と舌打ちしたい気分だった。

だが、大好きなお克を失った勇七の気持ちもわからないではない。

俺だってお春がよその男に嫁いだら、いったいなにをするものか。お春との思い出がたくさん残る江戸にはいられず、出奔するかもしれない。

あの野郎、まさか、江戸を出ちまったなんてこと、ねえだろうなあ。

そのあたりは大丈夫だろう。あいつは俺のことを見捨てることは決してない。お克のことが吹っ切れればきっと戻ってくる。

仙太が住む長屋は談助《だんすけ》長屋といって、霊岸島《れいがんじま》の銀《しろがね》町《ちょう》四丁目にある。

仙太の父親は長屋にいた。なかなか帰ってこないせがれを女房ともども心配していた。父親は仙造《せんぞう》、母親はおすゑという。

「すまなかったな」

二間があって、ゆったりと感じられる長屋にあがりこんだ文之介は二人に謝った。

「いえ、どうかお手をあげてください」

仙造があわてていう。

「文之介さまとご一緒だったんなら、あっしが申しあげることはございません」

横で女房も同じ表情だ。

仙造の生業《なりわい》は魚売りだ。八丁堀にも出入りしていて、文之介の屋敷も得意先の一つになっている。むろん文之介は顔見知りだ。

「それで、今日はなんですかい。せがれがなにかしでかしたんですかい」

文之介はかぶりを振った。

「いや、その逆だ。頼みたいことがあって来たんだ」

「頼みごとですかい。あっしにできることなら、なんでもいたしますよ」

「許しをもらいたいんだ」

文之介はどういうことになったか、すべての事情を包み隠さずに話した。

「そういうことですかい」

仙造が深くうなずく。

「そういうことなら、遠慮なくせがれをつかってやってください。いや、こういうときに役に立たねえんだったら、あっしのせがれなんかじゃねえ。叩きだしてやりますよ」

「そこまでいわずともいいんだが」

文之介は仙造を見つめ、次いでおするに目を移した。

「でも本当にいいのか。危ない目に遭わせるかもしれないんだぞ」

「いえ、本当につかってやってください。仙太の目を見ればわかりますが、せがれも心からやりたがっています。それに――」

仙造が言葉を切る。

「あっしはご隠居にご恩を受けていますんでね、それを返さないといけないんですよ」

「俺の父のことだな。どんな恩を受けているんだ」

仙造が、おするに少し席をはずしているようにいった。二人が隣の間に出ていった。

「あっしは以前、竹平屋《たけひらや》という呉服屋に奉公しておりました。外まわりの手代でした」

仙造が低い声でいった。

「その竹平屋がある晩、押しこみに遭い、家族、奉公人が皆殺しに遭ったなか、あっしは一人だけ生き残りました。そのために、手引きを疑われることになりました」

そうだろうな、と文之介は思った。それは奉行所の者でなくてもそう考えるだろう。

「しかもあっしには少ないとはいえない借金がありました」

その借金をどうしてつくったのか、仙造は公にできず、奉行所に引っ張られて厳しい取り調べが行われた。

「それがどうしてか、ご隠居だけが一人、真相を探りはじめてくれたのです」

おそらく丈右衛門は、仙造の人柄を見抜いたにちがいない。

仙造がさらに声を低めた。

「その頃のあっしには、不義密通の相手がいました」

「まことか。相手は」

「竹平屋と取引のあった、とあるお屋敷のご内儀です」

「侍の内儀だったのか」

「へい。そのご内儀の旦那さまが重い病だったんです。最初は同情から薬代を貸していましたけど、それが、いつしかわりない仲になってしまいました。借金も薬代でつくったものです」

文之介は腕を組んだ。

「そのことを父上は探りだしてくれたのか」

「はい、そういうこってす。ご隠居のご配慮もあり、その不義密通は公になりませんでした」

「だが、それだけでは無罪放免というわけにはいかんだろう」

「まったくその通りです」

仙造が苦い酒でも飲み干したような顔つきになった。

「あっしは、いつ不義密通がばれるか、怖くてならなかった。お侍のご内儀とそんなふうになってしまい、露見《ろけん》すればまちがいなく死が待っている。怖くて夜、ろくに眠れなくなっていて、押しこみがあったその晩も酒に頼ろうとして台所にいたんですよ。隠しておいた酒をちびりちびりと飲んでいたんです。そのとき、小さな悲鳴をいくつもきいて、ただごとでないのを知ったんです。それで一人、難を逃れることができました」

その後、丈右衛門の調べが進み、押しこみたちはほとんどがつかまった。

つかまった者たちから、仙造は押しこみとまったく関係ないことが明かされ、無罪放免になった。

「そのとき、祝いだとおっしゃってご隠居が鯛《たい》をご馳走《ちそう》してくださったんです。これで元気をだせ、とおっしゃって」

うまかっただろうな、と文之介はそのときの味が想像できるような気すらした。

「あっしは本当に元気になりましたよ。生きる力を与えてもらった気がしたものです」

「それでおまえさん、魚売りになったのか」

ええ、と仙造がいった。

「あのときの感動を、あっしもほかの人たちにわけ与えられたらいいなあ、と心から思ったんです」

五

丁半《ちようはん》こまそろいました。

壺振《つぼふ》りが怒鳴るようにいっている。

少し酔っている勇七の耳には、ちょうどいいくらいだ。酔うと、どうしてか耳が遠くなる。それは自分だけではないだろう。

賭場《とば》には、大ろうそくがいくつも灯されている。まばゆいくらい明るく見える。

これだけたくさんのろうそくを惜しみなくつかえるというのは、この賭場はよほど儲かっているのだ。

そう思って見渡すと、優に四十名を超える客がいるようだ。ただし、客のすべてが盆のまわりに集まっているわけではなく、勇七のように供される酒を楽しんでいる者も多い。

「お兄さん、そろそろ勝負、いかがですか」

賭場の若い者が誘ってきた。さすがに目つきは鋭い。

この賭場は寺の本堂をつかっている。町方が入れないというのはやはり大きいようで、賭場を仕切っているやくざ者たちは余裕の表情だ。

しかし俺が賭場にいるのか。もし旦那がこの姿を見たらどう思うだろう。張り倒されるにちがいない。

すまないなと思う。でも、この自堕落《じだらく》な感じが心地よく思えてもいる。

賭場など入ったのはもちろんはじめてで、金などろくにない。しかし、熱くなっている人たちの顔を見ているうちに、自分もやりたいという気持ちになってきた。熱気に当てられたということか。

「じゃあ、やりますよ」

勇七は男に目を移して、いった。懐から財布を取りだし、二分銀をつまみあげる。

「これでも大丈夫ですかい」

「もちろんですよ」

意外に人なつっこい顔になって二分銀を受け取ったやくざは、すぐさま二分分のこまを持ってきた。

「これで遊べますから」

勇七はこまを手に、あいた場所に座りこんだ。

三勝負ほど見送り、どんな仕組みになっているのか見た。もちろんどういうものなのかは知っていたが、やはり単純だ。

さいころの丁か半に張り、壺があいたとき当たればこまをもらえるだけだ。ただ、客側が丁と半、ほぼ同じにそろえて張らなければ壺はひらかない。

新たな勝負がはじまった。客たちが次々に丁に賭けてゆく。

「半方ないか、半方」

勇七はこまを前に押しだした。

「半」

ここまで三度、半が続いていた。今度は丁が出るだろうという読みで、客たちは賭けたようだが、こういうとき、逆の目に張らない限り、博打《ばくち》というものは儲からないはずだ。

それでも半方に張る者がなかなかおらず、こまはそろわなかったが、最後に遊び人らしい者が半に賭けたことで壺があいた。

「一、四の半」

やられた、また半かよ、くそっ、ついてねえや。

まとまったこまが勇七のもとにきた。やった、という気持ちだった。本当に心がすっとする。博打にやみつきになる者が多いという理由がよくわかった。

こんなに気持ちいいのを味わったんじゃ、やめられないなあ。

もう一人、半方に賭けた遊び人はこまをいくつか祝儀として盆に放り、立ちあがった。勝ち逃げというところか。鮮やかなものだ。

勇七としても見習いたいものだが、今ここを出ても行くところがない。それに、もっとこの心地よさを味わいたかった。

勇七は、次はどちらに張るか、考えた。

さすがに今度は丁のような気がする。同じ思いらしいほかの客たちは、丁の目にこまを張ってゆく。

勇七は決意し、また半に賭けた。

さいころの目は三、六だった。

こまがまた増えた。やるねえ、お兄さん、などと声がかかる。いい勘してるよ。

「たまたまですよ」

勇七は謙遜したが、博打などちょろいものだと思った。

さらに勇七の勘はさえ渡り、五回連続で勝った。もうこまは五両近くになっている。やめるべきだ。誰かが心のなかでいっている。

だが、勇七は勝ち続ける快感にあらがえなかった。

やがて出る目、出る目が逆になりはじめた。焦れば焦るほど、逆が出た。頭で考える逆の目があまりに出るので、勇七は丁と思ったら半に賭けるということもやってみた。

だが、結果はこれまでと同じだった。くだり坂を転がり落ちる岩のように、勢いをつけて勇七の前からこまは消えてゆく。

信じられないものを見ている思いだった。取り返そう、取り返そうと思うほど、深みにはまってゆく。

半刻《はんとき》ほどで五両ばかりあったこまはほとんどが消え失せ、勇七の前にはただ二つのこまが残っているだけになった。

粘りけのある汗が背中をひたし、目がうつろになってしまっている。

これだけ負け続けるのはどうにも納得できない。こんなことがあるものなのか。

勇七は残りの二枚を半に賭けた。壺があけられる。出たのは二、四の丁だった。

勇七の前から、最後のこまが持っていかれた。

嘘だろう。身を焼くような焦燥の気持ちがある。どうしてこうなったんだ。

「お兄さん、どうしなさるね。まだ勝負を続けるかい」

正面のやくざ者がきいてきた。

「やるんなら、いくらか都合してやってもいい」

やくざ者はかすかに笑みを浮かべている。さげすみとあざけりの目だ。

「いらねえ」

語気荒く勇七はいった。

「いかさまを堂々とやってる賭場で、勝負なんかできるかい」

「なんだと」

「てめえ」

「覚悟があっていってるんだろうな」

やくざ者たちがいっせいに立ちあがる。

「当たり前だ。こんなのいかさま以外、考えられねえ」

勇七も立った。気がすさんでいる。やくざ者相手に立ちまわりをするのも、すかっとしそうだった。

客たちがうしろに下がる。そう珍しいことではないようで、ずいぶんと手慣れた様子に感じられた。

やくざ者の一人がうしろから跳びかかってきた。勇七は体をひねるや、腕を手繰って男を投げ飛ばした。盆の上に背中から叩きつけられ、やくざ者は痛えっとだらしない声をあげた。

「野郎っ」

「てめえっ」

二人のやくざ者が怒号し、両側から突進してきた。勇七は右側のやくざ者の腕を逆にねじった。折れはしなかったが、やくざ者が女のような悲鳴をあげた。もう一人には顎に拳を食らわせた。

手が痛かったが、視野からやくざ者が消えてゆくのを見るのは気分がよかった。

勇七は、さらに三人のやくざ者を叩き伏せた。やくざ者たちはやられてもやられてもひるむことなく突っこんでくる。

酒による酔いも手伝い、勇七はさすがに息が切れてきた。体も自分のものではないように重くなってきている。

まずいな、と思うが、十数名いるやくざ者たちはまったく体もうとしない。うしろから飛びこまれ、羽交《はが》い締《じ》めにされた。それはなんとか柔《やわら》の術をつかって放り投げたが、その瞬間、重みに耐えきれず、膝《ひざ》をついてしまった。

やくざ者たちがその瞬間を狙っていたかのように殺到し、勇七に乗りかかってきた。

勇七はやくざ者たちの重みをはねのけられず、つかまってしまった。縄で体をぐるぐる巻きにされた。

「手こずらせやがって」

立ちあがらされた勇七は、若い者たちをまとめる役目にでもついているらしい男に、顔を一発殴られた。あまりの痛みに怒りがこみあげたが、縄で縛られてしまってはどうすることもできない。

「連れてきな」

男がいい、数名のやくざ者が勇七の体を乱暴に押した。

本堂を裏から出て、連れていかれたのは庫裏《くり》だった。そこは、寺の住職の住む場所のはずだ。

奥の間に引きずられるようにして行くと、待っていたのは頭を丸めた男だった。

明かりは灯っておらず、部屋はひどく暗いが、男のつるつるの頭はどこからか漏れ忍んでくる光を集めるかのように鈍色《にび》に輝いている。

この男が親分だろう。ここは住職がやくざ者を束ねているのか、と勇七は思った。

「座れ」

やくざ者の一人がいい、勇七は畳の上に転がされた。

頭をつるつるにした親分らしい男は、ゆったりと煙管《きせる》を吸いつけている。煙管を吸うたびに先端が赤く光るのが、まるで蛍《ほたる》のように見える。

「ずいぶんと騒がしかったな」

低い声で親分がいう。

「すみません。こいつがいかさまだって、暴《あば》れやがったんで」

「いかさまじゃねえか」

勇七は体を蛇《へび》のように動かして、なんとか起きあがった。

「ほう、ずいぶんと威勢のいいお兄さんだ」

親分が笑う。

「おい、明かりをつけな」

へい、と一人がいってすぐさま行灯が灯された。

あっ。勇七の口から声が漏れる。

親分らしい男がにっこりと笑った。

「そうじゃねえかと思ったが、やっぱりそうだったね」

「親分、この男、ご存じなんですかい」

「まあな。おめえ、御牧のご隠居を知っているだろう」

「へい、もちろんです」

「ご子息の文之介さまの中間をつとめている人だ。確か勇七さんといいなすったな」

目の前にいるのは、やくざの親分の紺之助《こんのすけ》だ。勇七は文之介と一緒に一度会っていて、面識がある。

あれは、だまされて借金をつくった雅吉《まさきち》という大工の男を救うために訪れたのだ。そこで雅吉の妹であるさくらと知り合うことになった。

「親分、まことですかい」

「わしが嘘をいうわけねえだろう」

「はい、すみません」

やくざ者が勇七を不思議そうに見つめてきた。

「でもどうして、定町廻《じょうまちまわ》り同心の中間が賭場にやってくるんですかい。この男、本気で勝負してやしたよ」

「なにか事情があるんだろうよ」

紺之助が縛《いまし》めを解くように命じた。

紺之助の命に逆らう者はおらず、勇七は体が軽くなった。

「おめえらは賭場に戻りな」

へい、といって男たちはぞろぞろと座敷を出ていった。

「さて、勇七さんよ」

紺之助が煙草《たばこ》盆に煙管を打ちつける。小気味《こきみ》いい音が響いた。

「事情をきかせてもらえるかね」

「すみません」

勇七に答える気はない。好きな女が嫁いだために賭場で暴れたなど、決して口にできることではなかった。

紺之助がにこりと笑う。意外に人を惹《ひ》く笑みで、こういう愛嬌《あいきょう》があるから子分たちもついてきているのだろう。

「女だね」

あっさりと見抜かれた。

「この寺の本当の住職も今、女のところだ。惚れちまって、帰ってきやしないんだ。しようがないから、わしが住職の真似ごとをしているんだがね。――勇七さん、つらいんだろうな。怪我《けが》をさせて悪かったね」

勇七は、紺之助のやさしい言葉にうつむき加減になった。

「あっしも暴れてすみませんでした」

「そんなことはどうでもいいよ。気にすることはない。でも勇七さん、文之介さんは心配されているんじゃないかな」

その通りだろう。勇七は黙りこむしかない。

「文之介さんは、勇七さんの真の友だね。今は主従ということになっているけど、真の友がこの世にいるというのは、わしにはとてもうらやましい」

勇七は顔をあげた。

「わしはこういう商売をしていることもあって、心を許せる友など一人もいない。いつ死んじまうかわからないから、女房だって持てない。寂しい人生さね」

紺之助が苦そうに煙管を吸った。吹きあげられた煙が、雲のように動いてゆったりと部屋を出てゆく。

「わしがこの世で最も信頼して心を寄せているのは、ご隠居だよ」

「丈右衛門さまですかい」

「そうだ。わしはご隠居と知り合えたからこそ、人の道をかろうじて踏みはずさずにいられるんだ」

紺之助は晴れ晴れとした表情だ。丈右衛門と知り合えたことを、誇りに思っているのがはっきりとうかがえる。

「文之介さんもいずれ、ご隠居のようになるだろうね。勇七さん、しっかりついていって支えてあげなきゃいけないよ」

「承知いたしました」

勇七はその言葉をしっかりと受けとめ、胸にとどめた。

六

「うめえなあ」

嘉三郎は嘆声を放った。音を立てて、空になった湯飲みを置く。

「そうですかい」

捨蔵が顔をほころばせる。

「特に、昼間に飲む酒はうめえ」

「嘉三郎の兄貴に喜んでもらおうと思って、いい酒を選んで買ってきたんですよ」

捨蔵が大徳利を傾け、嘉三郎に酒を注ぐ。

「ありがとよ。この酒はどこで買った」

「佐賀町《さがちょう》のほうです」

「佐賀町って深川のか。ずいぶんと遠くまで足をのばしたじゃねえか」

「まあ、そうですね。永代橋のすぐそばですからね。前に江戸にいたとき、あそこにいい酒屋があるって、きいたことがあったんですよ。それでずっと行きたかったんですけど、ようやく念願がかないました。八満屋《はちまんや》という店なんですけど」

「前に江戸にいたときって、八年前のことか」

「ええ。もうそんなになるんですねえ」

捨蔵がしみじみとした口調でいう。

「どこの酒だ。くだり酒か」

「それがちがうんですよ。下総《しもうさ》の酒です。なんでも神水をつかっているという評判の酒らしいんです」

「ほう、神水か。なんていう酒なんだ」

「吉ノ誉《よしのほまれ》という酒です。なんでも神社からわきだす水をしこみ水としてつかっているようですよ」

「神社のか。霊験《れいげん》があるのかな」

「と思いますよ」

「それじゃあ、じゃんじゃん飲むことにしようか」

「嘉三郎の兄貴、余裕綽々《しゃくしゃく》ですねえ」

その声にむしろ案ずるものを感じた嘉三郎は、湯飲みを持つ手をとめて捨蔵を見つめた。小柄な体がさらに小さく見える。

「心配なのか」

「ええ、まあ」

「案ずるな」

嘉三郎は胸を叩くような口調でいった。

「俺にすべてまかせておけばいい」

もっと飲みたかったが、これ以上飲むとあとは寝ることしかできそうにないと踏んで、嘉三郎は文机の前に座った。紙を広げ、文を書きはじめた。

したため終えた文に封をし、さて、どうやって届けるかを考えた。

今、同心や与力たちの組屋敷がある八丁堀のほうは手薄になっているだろう。お知佳の長屋のほうに人手を割いているからだ。

よし、俺が行こう。嘉三郎は自ら足を運ぶ気になった。

八丁堀がどんな様子か自分の目で見てみたいという思いもあったし、それに文を届けるという、こんなおもしろそうなことをまた捨蔵にまかせるのはもったいない。

それに、と嘉三郎は思った。この文を届けるのにしくじりは許されない。

嘉三郎は立ちあがった。

「出かけるんですかい」

「ああ」

「どこへ」

嘉三郎はにやりと笑った。

「八丁堀だ」

「えっ、大丈夫ですかい」

「まかせておけ」

　嘉三郎は自室に戻り、着替えをはじめた。慣れた小間物売りに身をやつし、捨蔵に見てもらった。

「どうだ、どこかおかしなところはないか」

「ありませんよ。相変わらず小間物売りの格好は似合いますねえ。昔から、あっしは惚れ惚れしてましたよ」

「おめえ、そっちのほうの気はあったか」

「よしてくださいよ。あっしは女が大好きなんですから」

そうだったな、といって嘉三郎は隠れ家を出た。道をまっすぐ西へ取る。深川佐賀町を通ったときは、捨蔵がいっていた八満屋という酒屋を目で捜したが、見つからなかった。

永代橋を渡り、八丁堀にやってきた。

さすがに少し緊張する。いや、今は誰もいないはずだ。大丈夫だ。

腹を決めて、嘉三郎は町奉行所の組屋敷のなかに入りこんだ。

御牧屋敷は、これまで何度かやってきたことがある。

いったん庭の前を通りすぎ、誰もいないのを確かめる。

戻ってきて、改めて人けがないのを見計らい、生垣の枝折り戸をひらき、御牧屋敷の敷地内に入りこんだ。

庭の真んなかに立ち、まわりを見渡す。静かなもので、涼しさを感じさせる風だけが音を立てている。

火をつけたい気分だ。この乾いた風なら、この屋敷はよく燃えるだろう。

しかしそんなことをしても意味はない。さっさと仕事をしなければならない。

懐から文を取りだし、濡縁《ぬれえん》の端にそっと差しこんだ。これなら見つけやすいだろう。

嘉三郎は身をひるがえそうとした。

そのとき、なかで人の気配がしたのを覚えた。まずい、誰かいやがった。

外に出ようとしたときはおそかった。

「どちらさまですか」

女だ。嘉三郎は足をとめ、振り返った。

思わず目をみはることになった。濡縁に立っているのはとんでもない美形だった。

お春ではないか、と嘉三郎は直感した。

嘉三郎を見つめている娘は、いぶかしそうにしている。

しかし、顔を見られたのはまずい。嘉三郎は殺そうか、という気になった。

「あの、もしかして三増屋のお春さんですかい」

「えっ」

どうして私のことを知っているんだろう、という顔をしている。

嘉三郎はゆっくりと近づいた。懐の匕首《あいくち》をだしている暇はない。ここはくびり殺すしかない。

「そうですけど、どちらさまでしょう」

嘉三郎はにっこりと笑った。

「お春さんの噂《うわさ》は、かねがね文之介さまからうかがっておりますよ」

「文之介さんから……そうですか」

「あっしは、文之介さまと親しくさせていただいている小間物屋でしてね」

「あの、お名は」

「名ですかい」

嘉三郎は躍《おど》りかかろうとした。

「お春ちゃん、来ていたのかい」

背後から声がした。嘉三郎は思いとどまった。振り返る。

「ああ、お勢津《せつ》さん」

お春が声を放った。

生垣の向こうに立っているのは、同心屋敷の内儀らしい女だ。

「煮物をしたんで、届けに来たんだけど、文之介さんたちいないわねえ」

「でも置いていってくだされば、きっとあたためて食べると思います」

「そうよね。私もそのつもりで来たのよ」

女房が枝折り戸を入ってきた。

「ああ、小間物屋さんね。ちょうどよかったわ、櫛《くし》、あるかしら」

「すみません、売り切れちまいました」

ちっ。心中で舌打ちして嘉三郎は御牧屋敷をあとにするしかなかった。

お春に顔を見られたのは誤算だった。お春はこの俺が嘉三郎であると見抜くだろうか。おそらく見抜くだろう。文之介から人相書を見せられているはずだ。

今、気づかなかったのはたまたまにすぎない。すぐに思いだすに決まっている。

まあいい、と思い直した。お春は御牧屋敷の留守を預かっていたのだろう。やはり三増屋と御牧家のあいだには深いつながりがあるのだ。そのことがはっきりつかめただけでも収穫だ。

お春はきっとつかえる。となると、あそこで殺さなくてよかったのかもしれない。内儀らしい女がやってきたのは、僥倖《ぎょうこう》だったのだ。

軽い足音がうしろからきこえてきた。嘉三郎は路地に身をひそませ、かがみこんだ。路地は暗く、十分に嘉三郎の全身を隠してくれている。

目の前を通りすぎたのは、お春だった。やはり人相書のことを思いだし、追いかけてきたのだ。

嘉三郎は、この娘もさらってやろうかと思った。豆腐を握り潰すくらい、たやすいことだ。そして、さんざんに慰《なぐさ》んでやる。こちらの正体を知って追いかけてきた女だ、よほど気が強いのだろう。

そういう女をもてあそぶのは、この上ない楽しさだろう。

だが、と嘉三郎は思った。今はそんなときではない。自重するしかなかった。

せっかくの獲物を前に、もったいない気持ちがあふれる。だが、やはり今はやめておくべきだった。

七

汗がべたつく。

ずっと同じものを着ているために、文之介は気持ち悪かった。着替えがほしくてならない。

一度屋敷に戻りたかったが、そういう場合ではない。次の文がいつ届くか知れたものではない。ここ深川島田町の自身番を離れるわけにはいかない。

自分の体も汗臭い気がする。ここ何日か風呂《ふろ》にも入っていない。まいったなあ。

張りこみなどで同じ経験はあるが、やはり風呂に入れないというのは、いいものではない。決して慣れることはない。

「どうかしたか」

一緒にいる又兵衛がきいてきた。文之介は理由を語った。

「この町にも湯屋《ゆや》はあるだろう。文之介、行ってきていいぞ」

「いえ、そういうわけにはいきません」

又兵衛がうなずく。

「まあ、そうだな。湯船にのんびりと浸《つ》かっている場合じゃねえな」

又兵衛が、町役人のいれてくれた茶をぐびりと飲んだ。

「しかし着替えてえだろ。着た切り雀《すずめ》じゃあ、つらいな」

「はい。でもどうしようもありませんから」

「明日にでも、わしが取りに行ってきてやろう」

「まことですか」

「ああ、かわいい文之介のためだ、着替えを取りに行くくらいなんてことはない」

「でも桑木《くわき》さま、どうして明日なんですか。今日では駄目なのでしょうか」

「今日は、ちと足が朝から痛くてな」

「そうなのですか」

「足首がしくしく痛むんだ。こういうときはたいてい雨が降る」

雨のなかを行くのは億劫《おっくう》ということなのだ。こいつは自分で取りに行くしかねえな、と文之介は腹を決めた。

「ところで文之介、ききたいことがある」

まずいな、と文之介は思った。きかれることがわかった。

「勇七はどうしたんだ。このところずっと姿を見ていない気がするぞ」

「今、風邪で臥せっているんです。どうもたちの悪い風邪みたいで」

「そうか。それなら今日あたり、見舞ってくるか」

「いえ、それはやめたほうがいいものと」

「どうしてだ。うつるからか」

「はい。若い勇七でも床から起きあがれないようです。もし桑木さまにうつったりしたら……」

「死ぬとでも」

「いえ、そこまでは申しません。ただ、かなり危うくなるのはまちがいないでしょうね」

「わしはそんなにやわではないぞ」

「勇七もですよ。それがあんなにひどくなっているんですから、見舞いはおやめになったほうがよろしいかと」

文之介がなんとか見舞いを阻止しようとしているところに、ごめんください、と若い女の訪《おとな》う声がした。

この声は、と文之介は思った。あいている戸をくぐり抜けて土間に若い女が入ってきた。

「お春」

「ああ、文之介さん」

奥にいた文之介は立ちあがった。

「どうした」

お春は風呂敷包みを抱えている。

「文之介さんの着替えを持ってきたの」

「本当か。ありがとう」

さすがにお春だなあ、と文之介は思った。なんて気がつく娘だろう。

「これが噂のお春さんか」

又兵衛がにこにこしていった。

「あれ、桑木さまはお春とははじめてでしたか」

「だと思うぞ。こんなきれいな娘さん、会っていたら、二度と忘れんはずだ」

「そうですよね」

文之介はお春を又兵衛に引き合わせた。

「お初にお目にかかります。春と申します。よろしくお願いいたします」

お春はていねいに挨拶した。

「こちらこそ、よろしくな」

又兵衛は笑顔でうなずいた。

「しかし文之介もやるものだな。こんなきれいな娘といい仲とは」

「いえ、いい仲ということはありません」

「お話があります」

お春が声を少し高くしていった。

「なんだ」

「文之介さん、嘉三郎という男の人相書、持ってる」

「ああ」

文之介は、懐から折りたたんだのを取りだした。

お春は受け取り、人相書に目を落とした。

「やっぱりこの人だわ」

「お春、会ったのか」

「ええ。この男、お屋敷にあらわれたの」

「屋敷って、うちのことか」

「そう。私、嘉三郎じゃないかって気づいてあわてて追いかけたのだけれど、見失ってしまったの。もう少しはやく気づいていれば、よかったのに」

嘉三郎が屋敷にあらわれた。いったいなにをしに。

「文之介、屋敷に行ってこい」

又兵衛も同じ思いだったようだ。

文之介はお春を連れて屋敷に戻った。

枝折り戸から庭に入る。

「あっ」

お春が声をあげる。

「どうした」

「そこ」

お春が濡縁の端を指さしている。板の隙間に文が差しこまれていた。

文之介は抜き取った。宛名はまたも丈右衛門だ。

ということは、と文之介は思った。今回の一件はやはり嘉三郎が関係しているのだ。

脳裏に、ずるがしこい顔が浮かぶ。容易ならざる相手だ。

そういえば、と文之介は思いだした。あの男は、麒麟《きりん》の彫り物を背中にしている。それが不気味さをよりいっそう増しているような気がする。

決して油断ができない相手だ。文之介は封をあけることなく文を大事に懐にしまった。

「その文は嘉三郎からね。今度のお勢ちゃんのかどわかしに、嘉三郎が絡んでいるのね」

「そうだ。これまでそうじゃねえかってにらんでいたけど、これではっきりした。的がしぼりやすくなった」

野郎、必ず踏ん縛ってやる。文之介は決意を新たにした。そんな文之介を、頼もしそうにお春が見ている。

文之介は咳払いした。

「照れてるの」

「照れてなんかいやしねえ」

文之介は真剣な顔でお春に向き直った。

「家まで送ってゆく」

「えっ、いいの。島田町の自身番に戻らなくても大丈夫なの」

「ああ、お春を送ってから戻る」

「ありがとう」

文之介は枝折り戸を出て道を歩きだした。お春がうしろをついてくる。

「ねえ、勇七さんはどうしたの」

文之介は振り返った。お春に嘘はつきたくなく、正直なところを話した。

「そう、行方知れずなの。心配ね」

文之介は笑った。

「心配なんかしちゃいねえよ。あいつだってもう子供じゃねえからな。お克のことを忘れられたら、戻ってくるよ」

「そうよね。文之介さんと勇七さん、きっと一生一緒だものね」

「一生か」

「そうよ。二人には、きっと前世からの因縁があるのよ」

「そうなんだろうなあ。俺とお春にはそういう因縁はねえのかな」

「私はあると思っているわ」

胸にあたたかな陽《ひ》が射《さ》しこんだような気分になった。

「本当か」

「ええ。じゃなきゃ、こうして二人で歩いていることなんか、あり得ないと思うもの」

そういうものかもしれない。江戸にどのくらいの人がいるものか。正確な人数は知らないが、おびただしい人がいるのは紛れもない事実だ。

そのなかで選ばれたように、こうして二人一緒にいるのは、やはり深い絆で結ばれているからだろう。

もう少しお春と話をしたかったが、三増屋の前に着いてしまった。藤蔵に千両の礼をいいたかったが、そのことはお春に託した。

「ええ、必ず伝えとくわ」

「頼む」

文之介はお春を見つめた。

「どうしたの、そんなに真剣な顔して」

「お春、しばらく屋敷には来なくていいぞ」

「どうして」

「お春の身が心配なんだ。嘉三郎を追いかけたと、きいたときは肝《きも》が冷えた」

「そうなの」

「やつはずるがしこい。俺はお春を危険にさらしたくない」

文之介は真摯《しんし》に語った。

「わかったわ。当分、行かない」

「そうしてくれ」

「嘉三郎をはやくつかまえてね。お屋敷の台所で、庖丁を振るえないのはつらいから」

「まかしておけ。すぐに引っとらえてやる」

文之介は、お春が三増屋の暖簾をくぐっていくのを見届けた。

これでいい。心でうなずいてから、急ぎ足で深川島田町に向かった。

島田町の自身番に寄り、又兵衛に文を見せた。

又兵衛は、丈右衛門に先に読ませてやれといって文之介をお知佳の長屋に向かわせた。

文之介は店《たな》に入れてもらった。お知佳は相変わらず臥せったままだ。仙太もすでに来ている。いつ文がきてもいいように、待ってくれているのだ。

丈右衛門の顔には、かすかだが焦燥の色があらわれている。

「これが屋敷に届きました」

文之介は丈右衛門に文を手渡した。

「屋敷に」

丈右衛門が封をあけ、文を読んだ。すぐに読み終え、文之介に渡してきた。

文には、金の受け渡しの手はずが記されていた。ただし、場所がどこかは明記されていない。とりあえず、向島のほうに向かえ、という指示がされているだけだった。

「文之介、この文を持ってきたのは、嘉三郎という男でまちがいないんだな」

「はい。となると、それがしへのうらみとしか思えなくなるのですけど、どうしてお勢ちゃんのかどわかしに嘉三郎が出てくるのか、それがしにはさっぱりわかりません」

「文之介、実はわしではなく、自分への復讐《ふくしゅう》だと思っているのか」

「はい、そういうことです」

「まだ結論をだすのははやかろう」

「ねえ、どんなことが書いてあるの」

横から仙太がきいてきた。

文之介は丈右衛門の了解をもらって、仙太に文を読ませた。

「向島か……」

仙太がつぶやく。

「広いよね」

「まったくだな」

文之介は、向島の風光明媚《ふうこうめいび》な光景を脳裏に浮かべた。

嘉三郎は、向島のどこへ仙太を導こうとしているのだろうか。

八

「文之介」

丈右衛門は呼びかけ、改めてきいた。

「嘉三郎というのは、いったいどんな男だ」

文之介が語る。

きき終えて、丈右衛門はうなずいた。文之介がいう通り、いかにも凶悪な感じがする。ずるがしこく、悪賢い。隙を見せれば一気につけこんでくる、そんなしたたかさも持ち合わせているようだ。

「仙太、ちょっとこれを見てくれ」

文之介が仙太に嘉三郎の人相書を見せた。

「駄賃をくれたのはこの男ではないんだな」

「うん、ちがうよ」

ということは、と丈右衛門は思った。嘉三郎に力を貸している男が、少なくとも一人はいるということだ。

「ねえ、文之介の兄ちゃん、おいらはいつ出かければいいの」

仙太は張り切っている。その姿はけなげだったが、やはりこんな大役《たいやく》をその小さな体にまかせるのは酷な気がする。

しかも、丈右衛門にはいやな予感もある。胸中に、蛇が這《は》っているかのような気持ち悪さがある。

しかし文のいう通りにしなければ、お勢がどうなるかわからない。苦渋の選択だが、ここは仙太にまかせるしかない。文之介が、仙太の父親の仙造に許しをもらってきてくれてもいる。

文之介が丈右衛門に眼差しを当ててきた。おや、と丈右衛門は思った。こんなときだが、ずいぶん思慮深い目になっている。同心になり立ての頃は、こんな目はしていなかった。文之介もさまざまな修羅場《しゅらば》をくぐり抜けて、成長しているのだ。

文之介は、もう出かけてもよろしいでしょうか、と目できいている。

丈右衛門は深く顎を引いた。

「よかろう」

仙太が外に出た。荷車がそこにはある。文之介が千両箱を運びだし、荷車に置く。すぐさま千両箱には筵がかけられ、縄でしっかりと結ばれた。

「引いていいの」

「頼む」

文之介がいうと、うれしそうに仙太が梶棒に取りついた。

「引くよ」

仙太が全身に力をこめる。文之介がうしろを押した。

荷車が動きはじめる。路地をゆっくりと進んでゆく。

小さな体で荷車を引く姿は、丈右衛門には痛々しくてならなかった。とんでもないまちがいをしでかしているのではないか、という思いは消えてくれない。

ついていきたい。強烈に思った。だが丈右衛門は、お知佳のそばを離れるわけにはいかない。今できるのは、ただ仙太を見送ることだけだった。

丈右衛門は文之介を見た。体格も明らかに立派になっている。前はどこかひ弱さがあったが、骨格がしっかりしてきたのだ。子供のような顔自体はさほど変わらないが、ときおり見せる眼光などに精悍《せいかん》さが感じられ、やはりたくましくなってきたのを感じざるを得ない。

どうやら、と丈右衛門は思った。信頼に足る男になりつつあるようだ。

丈右衛門は文之介に、頼む、と目顔《めがお》で合図を送った。わかりました、と文之介は深いうなずきで応えてくれた。

文之介は、なんとしても丈右衛門の期待に応えたかった。無事にお勢を連れ帰ってほしい、という気持ちは、自分が丈右衛門になったかのようにはっきりとわかる。

きっと連れ帰る。その思いしか、文之介にはない。

今、町人のなりをしている。どのみち相手が嘉三郎では顔を知られているが、なにもしないよりはましだろうという気持ちだ。

文之介は仙太のうしろをゆっくりと歩いている。仙太はかなり汗をかいている。着物がべったりと背中に貼りついている。ときおり吹き渡る風は涼しく、太陽は厚い雲に隠れているから暑さなどさしてないが、やはり小さな体に千両箱がのった荷車を引くのは、相当きついことなのだ。

できることなら荷車を押してやりたいが、さすがにそこまではできない。

文之介は誰か荷車に近づく者がいないか、目を光らせている。嘉三郎本人や嘉三郎の手の者が近づいてくるかもしれないし、あるいは仙太を子供と見て荷を奪おうとする不《ふ》埒《らち》な輩《やから》がいるかもしれない。

ここでもし千両を関係のない者に奪われたら、目も当てられない。

しかし、奪われるようなへまはまず犯すまい、という自信が文之介にはある。

文之介は一人ではない。又兵衛こそ加わっていないが、吾市《ごいち》をはじめとする先輩同心や中間たちが、文之介と同じように身なりを変えて仙太のあとについてきている。

つと横合いの路地から、遊び人ふうの男が出てきた。目の前を行く仙太をじっと見ている。目つきがすさんでいる。嘉三郎に通ずるものが表情や身ごなしに出ている。少なくとも堅気《かたぎ》ではないように見えた。

男が動き、仙太に近づいてゆく。

一瞬、文之介の体を緊張が襲った。すぐに飛びだせる姿勢を取る。

男が仙太に声をかける。横柄《おうへい》なものいいだった。

「おい、餓鬼」

仙太が、えっというように振り返る。かすかなおびえがその目にある。文之介だからわかるのであって、ほかの者には決して見えないものだろう。文之介の心は痛んだ。

「おめえ、なにを運んでんだ」

仙太は無視し、再び運ぶのに専念しはじめた。

「おい、おめえ、人がきいているのにどうして答えねえんだ」

「忙しいんだから、どっか行きなよ」

「おめえは忙しいかもしれねえが、俺はちっとも忙しくねえ。とっとと答えな」

「うるさいよ」

「てめえ、人に対する話し方を知らねえようだな」

「それはあんただろう」

いい放った仙太が、荷車を引く手に力をこめたのがはっきりとわかった。

どうやらこいつは関係ないな。文之介は判断し、遊び人ふうの男に近寄った。吾市たちにまかせるわけにはいかない。嘉三郎に顔を知られているのは自分だけとは思えないが、今は自分しか知られていない、と考えるしかなかった。

「おい、おまえ」

文之介は呼んだ。男が、なんだ、という顔で見る。

「俺を呼んでいるのか」

「そうだ、このたわけが」

文之介は仙太に合図し、気にせず行くように告げた。仙太が安堵した顔になる。

仙太から離れるわけにはいかない文之介は手ばやくけりをつけるために、懐から十手《じって》を少しだしてみせた。

「御用《ごよう》の筋だよ。とっとと失せな」

「えっ、そうだったんですかい。そいつは失礼いたしました」

男はあわてて頭を下げると、すぐ横の路地に飛びこんでいった。

だが今の男はこのままではすまされない。人けのないところで奉行所の者につかまり、いろいろとただされることになる。嘉三郎とは関係ないのはまずまちがいないだろうが、放っておくわけにはいかない。

仙太は永代橋を渡り、深川に出た。それから道を北に取った。大川沿いを進む。

深川は町人の住む町が多いだけに、相変わらずの人出だった。働いている者も多いはずだが、なにもしないでぼんやりとしている者の姿も目につく。

文之介はそういう者に対しさりげない目を送り、仙太を気にしているかどうかを見た。いたいけな子供が荷車を引いていることに同情の目で見る者は多いが、先ほどの男のようになにを運んでいるのか、ときいてくるような者はいなかった。荷に興味はあるのだろうが、その思いをあからさまにする者は一人もいない。

小名木川、竪《たて》川と渡り、仙太は本所《ほんじょ》に入った。

しばらくは武家屋敷がかたまっている場所が続いたが、そこを抜けると、また町屋のごみごみした感じが戻ってきた。

あと四半刻ほどで向島に着く。嘉三郎はいったいどこに千両を運ばせようとしているのか。その前に、どういう手立てを取って千両とお勢を交換しようとしているのか。

千両もの大金を要求してきたのは、文之介が押しこみの邪魔をしたゆえか。お勢をかどわかしたのは、その代償として千両を得るためなのか。

そうとしか考えられない。ほかに赤子をかどわかすような理由はないように思える。

こんなことをしでかした以上、つかまれば獄門というのは、嘉三郎はもちろん知っているだろう。もっとも、押しこみをしたときにすでに獄門は決まったようなものだ。

左手に吾妻橋《あづまばし》が見えてきた。町は北本所番場町《ばんばちょう》あたりだ。右手に材木場でもあるのか、おびただしい数の丸太や板が天を突くようにのびているのが見える。

道は乾いていて、仙太が引く荷車のあとはもうもうと土煙《つちけむり》があがる。その向こうに仙太の姿が隠れてしまうことがあり、そのたびに文之介はどきりとした。

右手の路地から、いきなり男の子が飛びだしてきた。仙太と同じ年の頃に見える。まっすぐ仙太に走り寄ってゆく。

予感を抱いて、文之介はその男の子を見守った。案の定、男の子は仙太に声をかけ、文を渡した。

仙太は荷車を引くのをやめ、すぐに文をひらいた。読み終え、文之介を振り返った。なんと書いているのか知りたかったが、おそらく受け渡し場所であるのはまちがいないだろう。ここは仙太のあとについてゆくしかなかった。

梶棒を握った仙太が、ここかな、というように道を捜す仕草をして、すぐそばのせまい路地に荷車を引き入れた。

文之介はすぐに続こうとしたが、いきなり路地の右手から大きな音がした。塀に立てかけられていた大量の材木が倒れこんできた。

まるで一軒の家がぺしゃんこになったかのようなおびただしい材木だった。もうもうと土煙と埃《ほこり》が立ちこめ、視野がほとんどきかなくなった。

文之介は、倒れこんで積み重なった材木の向こうにいるはずの仙太を捜した。

驚いて立ちすくんでいる姿が見えた。無事だったか。ほっとしたが、すぐに目をみはることになった。

ほっかむりをした男が二人あらわれ、一人が仙太の腹を拳で打って気絶させた。もう一人が梶棒を握り、荷車を勢いよく引きはじめた。小柄な体をしているが、力はかなり強そうだ。

文之介は材木を乗り越えようとしたが、できない。材木のなかでもがくしかなかった。嘉三郎と思える男が、仙太を肩に担ぎあげるのが見えた。荷車と仙太を背負った男が路地を遠ざかってゆく。

文之介はいくつも傷をつくって、折り重なった材木を抜けた。

だがそのときにはもう、仙太たちの姿はどこにも見えなかった。

文之介は暗くなるまであたりを捜しまわったが、なにも得るものはなかった。

仙太に文を渡した男の子は鹿戸《しかと》吾市が事情をきいたが、知らない男に駄賃をもらって頼まれたにすぎなかった。人相書を見せたが、嘉三郎ではなかった。

どうやら仙太に文を届けるようにいったのと同じ、小柄な男のようだ。

九

千両箱がのった荷車を奪い、仙太を気絶させて嘉三郎たちが向かったのは東だった。夕闇が霧のようにうっすらと漂うなか、横川《よこ》にもやっておいた舟に乗った。まわりには大勢の人がいたが、暗くなってきたせいで嘉三郎たちに注目している者など一人もいなかった。筵ごと千両箱を舟に移し替え、嘉三郎たちは横川に漕《こ》ぎだしたのだ。船頭は捨蔵がつとめた。

横川が大横川と名を変えてすぐのところで川は竪川と交差する。舟は左に折れ、竪川を東に向かった。清水《しみず》橋まで来たところで今度は右に曲がり、南十間《みなみじっけん》川に入った。川は、大島橋のところで小名木川に突き当たる。小名木川をまた東に進むと、隠れ家のある大島村はすぐだ。

竪川へ出ずにそのまま大横川を南下していきなり小名木川に入るという手もあったが、そうしなかったのは、つけてくる者がいないか用心したためだ。

同じ方向に向かう舟は何艘《そう》もいたが、嘉三郎たちと同じ動きをした舟は一艘もいなかった。ということは、完全に追っ手を振り切ったのだ。

すっかり暗くなったなか舟が岸についた。提灯など灯さず、捨蔵が千両箱を筵でくるむようにして運んだ。小さい割に力は強く、重い千両箱を担いでも足腰はまったくふらつかない。

嘉三郎はいまだに気絶したままの仙太を背負って、隠れ家に近づいた。捨蔵が隠れ家の手前で立ちどまっている。

「嘉三郎の兄貴、なにか気配はしますか」

嘉三郎はじっと隠れ家を見た。暗さが増してきたなか、黒々とした影になって見えているだけだ。

「いや、なにも感じねえ」

「そうですかい。でしたら、大丈夫ですね。誰も待ち構えてはいないということですね」

「ああ」

嘉三郎は、その証《あかし》とばかりに足を踏みだした。躊躇《ちゅうちょ》なく進み、戸の前に立つ。戸をあけ放ち、土間に入った。

「お勢はどうしてますかね」

千両箱を板敷きの上に、どっこらしょと置いた捨蔵が奥の間に向かう。まるで生まれたばかりの我が子を気にする父親のようだ。

嘉三郎は板敷きの部屋にあがり、仙太を横たえた。両手両足にがっちりと縛めをしてあるが、それがゆるんでいないか確認した。声はだされても大丈夫だが、子供のきんきんした声はきらいだ。だから猿ぐつわもしてある。

嘉三郎は囲炉裏に火をおこした。少し寒かった。腹が減ってもいる。

捨蔵が戻ってきた。

「どうだった」

「相変わらず寝てましたよ。出かける前に砂糖の湯をたっぷりと与えたのがよかったんでしょう」

捨蔵が囲炉裏に火がおきているのを見た。

「なにかつくりますか」

「頼む」

「なんにしましょうかね。ちょっと冷えてますから、あったかいものがいいですね。うどんを味噌で煮こみますかい」

「そいつはいいな」

うどんを深川大島町あたりで買ってくるのかと思ったら、捨蔵は自分で打ちはじめた。

「おめえ、そんなこともできるのか」

「うどんはどこでもありますからね。関八州《かんはっしゅう》をまわっているとき、ちょっと教わったんですよ」

「ほう、そうかい」

「むずかしいものじゃありませんよ。嘉三郎の兄貴もやってみませんか」

「いや、俺はいい。はやいところ食べさせてくれ」

「合点承知《がってんしょうち》」

本当は打ったら少し寝かしたほうがいいんですけどね、といいながら捨蔵は手際よくのばしたうどん生地を庖丁で切りはじめた。

土間に据えつけてあるかまどの鍋《なべ》でわかした湯に、それを放りこむ。うどんを煮ているあいだに囲炉裏にやってきて、すでに刻んであった青物を次々と入れた。味噌をとく。

「沸騰させないように嘉三郎の兄貴、火加減を見ていてもらえますかい」

「ああ、わかった」

それからしばらくして、味噌じこみのうどんが嘉三郎に供された。

さっそく箸を取り、ずるずるとやりはじめた。うどんには腰があり、しかも味噌とよく絡んで喉越しが最高にいい。

「どうですかい」

「おめえはすげえよ。道を誤ったんじゃねえのか。これなら店をやれるぜ」

「金が貯《た》まったら、やってみましょうかね」

「おう、やってみろ。俺が一番の常連になってやる」

捨蔵が苦笑する。

「でも嘉三郎の兄貴から、お代はいただけませんからねえ」

「うどん代くらい払ってやるさ」

「そいつはどうもありがとうございます」

嘉三郎たちはうどんを食い終わり、酒を酌《く》みはじめた。

「しかし嘉三郎の兄貴、やりましたね」

酒があふれんばかりに入っている湯飲みを手に、捨蔵がにんまりと笑う。

「ああ、やった」

嘉三郎は、こみあげてくる笑いを抑えることができない。考えていた以上にうまくいった。町奉行所をだし抜くことが、こんなに気持ちいいとは思わなかった。

あの御牧文之介の悔しそうな顔。してやったりだ。

「ねえ、嘉三郎の兄貴、これ、あけてもいいですかい」

酒を一息に干した捨蔵が千両箱を指さす。

「ああ、いいぞ」

少し苦労したが、捨蔵は千両箱をあけた。

「ほう、紙に包まれていますよ」

「包み金というのは、おまえも知っているだろう」

「もちろんですよ」

捨蔵が行灯の光に向けてかざす。

「ああ、黄金色が見えますよ。きれいですねえ」

感極まったような声をだす。

「小判というのは、いいものだよな」

「まったくですねえ」

嘉三郎は、まだ気絶している仙太を見た。

この小僧とお勢。御牧父子にとってひじょうに大事な者を人質にもできた。これ以上のことはない。

腹が鳴ったような小さな音がし、仙太が身じろぎして目をあけた。

「おう、やっとお目覚めか」

仙太は縛めをされていることに気づき、悔しげな顔をしたが、すぐに嘉三郎をにらみつけてきた。

「なかなか気が強そうな小僧だな。だが、いつまでそんな顔でいられるものかな」

嘉三郎は仙太に笑いかけた。仙太が唇を嚙《か》み締める。

「怖いか。怖いだろうな」

いずれ二人とも殺す気でいる。いつまでも生かしておいても益はない。

「腹は減ってねえか。食いたいんだったら、うどんを食わせてやる」

仙太はなにもいわない。ただじっと嘉三郎をにらみつけているだけだ。

おや。嘉三郎はその瞳に見覚えがあるような気がした。

どこでだ。

すぐに気づいた。その気が強そうな瞳は、自分の幼い頃と同じなのだ。

捨て子だったのは捨蔵だけではない。自分も同じだ。

鉄太郎《てつたろう》は俺にとって、本当の父親のようだった。厳しかったが、だからたまのやさしさが心にしみた。

嘉三郎は鉄太郎を慕っていた。

鉄太郎は押しこみのやり方を一からしこんでくれた。あれがあったからこそ、今の自分がある。鉄太郎は恩人だ。

その鉄太郎を火刑に追いこんだ御牧丈右衛門。

権埜助を獄門に追いやった文之介。

二人とも決して許すわけにはいかない。

嘉三郎は千両箱に手をのばし、二十五両の包み金を一つ手にした。一つだけでもずっしりとした重みが伝わる。

これだけあれば、と千両箱を見つめて嘉三郎は思った。あの二人を地獄の釜《かま》にきっと放りこめよう。

第三章　味噌うどん

一

仙太に頼むべきではなかった。

文之介には強い後悔がある。

重い足を引きずるように歩き、仙太の家にやってきた。提灯の火を吹き消し、訪いを入れる。

戸はすぐにあいた。待ちかねていたのだ。

戸口に出てきたのは、仙太の父親の仙造だった。母親のおすゑもうしろに控えている。

仙造が文之介のうしろに視線を向ける。戸惑った顔になった。

「あの、仙太は」

「すまない」

文之介は頭を下げた。

「まさか、死んじまったなんてことじゃないでしょうね」

「おまえさん、こんなところではなんだから入ってもらいましょう」

「ああ、そうだな」

仙造が気を取り直したようにいう。

「どうぞ、入ってください」

「ありがとう」

文之介は敷居を越えた。あがり框《かまち》に腰かける。

「御牧さま、そんなところではなく、おあがりください」

仙造の勧めを文之介は断った。

「いや、ここでいい」

「そうですかい」

仙造もそれ以上はいわなかった。

おするが茶を持ってきてくれた。喉の渇きは覚えているが、手をつける気にならない。

文之介は顔をあげた。不安を隠せずにいる四つの瞳とまともに目がぶつかった。逃げたい気持ちになる。だが、ここで逃げるわけにはいかない。

文之介は、どういうことになってしまったか、包み隠さずに告げた。

「すまない。いくらお勢という赤子を救いだすためとはいえ、幼い子供に身代の運び役をさせるなど、しくじり以外のなにものでもない。俺はどうしようもないうつけ者だ。本当に申しわけない」

文之介は頭を深々と下げた。

「どうか、お顔をあげてください。御牧さま、あの子は生きているんでしょうか」

仙造が放心したようにきく。

生きている、というのはたやすかったが、文之介はなんといおうか迷った。

「生きてるに決まってるじゃない」

おすゑが強くいった。

「私には、あの子の声がきこえるもの。まちがいなく生きているわ」

「そうだよな」

仙造がおすゑの手を握り締める。夫婦のかたい絆が見えている。こういうとき信じ合わずにどうする、といっているかのようだ。

仙造が文之介に向き直る。

「御牧さま、仙太を助けだしてやってくださいますか」

文之介は深くうなずいた。

「もちろんだ。俺は今、そのことしか考えていない」

仙造が目を伏せ気味にきく。

「手立てはあるんですか」

文之介は唇を嚙み締めた。

「すまない。まだなにも考えていないんだ。だが、きっと仙太は取り返す」

「よろしくお願いします」

夫婦そろって畳に額をつけるようにした。

「どうか、よろしくお願いします」

「いや、そんなことをされると困る。顔をあげてくれ」

おするゑが目をあげ、文之介を見つめた。責める目ではなく、信頼が感じ取れる眼差しだった。

「御牧さまなら、きっとうちの子を取り返してくれると思います。いえ、まちがいなくあの子を取り戻してくれます」

おするゑは涙をこらえる風情《ふぜい》だが、きっぱりとした口調でいった。

「御牧さま、あの子が御牧さまのことを慕っているのをご存じですか」

「えっ。……いや」

おするゑが泣き笑いの顔になる。

「あの子、いつもうちに帰ってくると御牧さまのことばかり話しているんですよ」

目尻《めじり》に浮かんだ涙を指先でそっとぬぐう。

「あの子、おいらも文之介の兄ちゃんみたいな同心になりてえなあ、っていつもいっているんです」

そうなのか、と文之介は思った。

「なれるはずがないのは、あの子もわかっているんです。でも、あの子にそういう気持ちがある以上、悪人などには決して負けないはずです。怖くてならないだろうけれど、きっとあの子は無事に帰ってくると思います」

おすゑは仙太の無事をまったく疑っていない。

「ですから、仙太とお勢ちゃんを救いだしてくれるのは、御牧さましかいらっしゃいません」

「こんな俺みたいな男を、本当に仙太は慕ってくれているのか」

「本当ですとも」

おすゑが顎を勢いよく上下させた。

「御牧さま、自分のことをそんなふうにおっしゃってはいけません」

仙造が静かに語りかけてきた。

「手前どもは御牧さまを信じています。そして、仙太のことも信じています。手前は危ないことを承知で仙太を送りだしました。ですから、そのことで御牧さまを責めるつもりなど毛頭ございません。手前どもが仙太を救いだすことができればいいのですが、その手立てはありません。ここは御牧さまにすべておすがりするしかございません」

仙造が見つめてきた。

「どうか、仙太のことをよろしくお願いいたします」

「わかった」

文之介は、仙造とおすゑの期待に必ず応《こた》えなければならない。

必ず仙太たちを無事に連れ帰る。その思いとともに長屋を出た。

二

吾市がお知佳の長屋にやってきて、どういう顚末《てんまつ》になったかを教えてくれた。

嘉三郎という男は一筋縄ではいかないとは思っていたが、やはり仙太までかどわかしたか、と丈右衛門は思った。もし仮に文之介の代わりに丈右衛門が出張ったとしても、同じようにだし抜かれたにちがいない。文之介たちを責めるわけにはいかない。

吾市によると、文之介は仙太の両親にどういうことになったか、話しに行ったとのことだ。つらい役目だが、避けては通れない。

千両を奪うだけならまだしも、仙太までかどわかしたというのは、いったいどんな狙いなのか。

奉行所に戻る吾市を見送って、丈右衛門は文之介からもらった人相書を見つめた。

そばで、お知佳が横になっている。かすかに寝息がきこえる。

このままずっと眠っていてくれればよい、と丈右衛門は思った。お知佳が起きたときには、お勢を取り戻していられればいい。

だが、それはできそうもなかった。丈右衛門はぐっと奥歯を嚙み締めるしかない。

もう一度、嘉三郎の人相書を見た。役者のようにいい男だが、ずるがしこい顔をしている。悪いことは、次から次へと考えられる男だろう。最もたちが悪い男だ。

しかし、どうしてこの男がわしの前に出てくるのか。わしはこの嘉三郎という男と、関わりを持っているのだろうか。

嘉三郎とはこれまで面識はない。この人相書を見ても、脳裏から呼び覚まされるものは一切ない。

だが、本当にそうなのか。嘉三郎という男の顔を知らないだけで、これまでどこかでなにかの因縁があるのではないか。

でなければ、まずお勢がさらわれるようなことにはならなかっただろう。

だがそれがなにかはまったくわからない。

くそっ。丈右衛門は吐き捨てた。

「丈右衛門さま」

背中に声がかかった。丈右衛門はすばやく振り返った。

「起きたのか」

お知佳が目をあいて、こちらを見ている。

「すみません、寝てしまって」

「いや、かまわん」

お知佳が起きあがろうとする。

「大丈夫か」

「大丈夫です。ありがとうございます」

お知佳は頬がげっそりと落ちてしまっている。寝る前よりもさらにやつれていた。

「なにか食べるか」

「はい、いただきます」

「粥《かゆ》をつくろう」

「それでしたら、私がやります」

「いや、お知佳さんはいい。粥ならわしにもつくれる。休んでいてくれ」

「でしたら、お言葉に甘えさせていただきます」

丈右衛門は台所に立った。

粥は土鍋《どなべ》でつくった。さほどときをかけることなくできあがった。箸ではなく、丈右衛門はさじを手に取った。梅干しを添える。

「お待ちどお」

「ありがとうございます」

お知佳はあたたかな湯気をあげている粥を見て、頬をゆるませた。

「おいしそう」

「見た目だけかもしれんぞ。食べてくれ」

「はい、いただきます」

お知佳がさじを取り、粥をすくう。三回ほど繰り返しただけでさじを置いたが、少しでも食べ物が喉を通るようになったのはいいことだろう。

「すみません、残してしまって」

「いいよ。わしが食べる。寝るかい」

「かまいませんか」

丈右衛門は笑みを見せた。

「ここはお知佳さんの住みかだぞ」

「そうでした」

お知佳が小さな笑みを見せて、また横になる。

「丈右衛門さま」

「なにかな」

「あの子、ちゃんとお乳、もらっているんでしょうか」

どうだろうか、と丈右衛門は思った。生きていることは確信しているが、そればかりはわからない。

「すみません、困らせることといってしまって……」

「いや、かまわんよ」

お知佳が目を閉じる。

「明かりを消したほうがいいか」

お知佳が目をあけた。

「いえ、このままにしておいてください。暗いのは怖い」

「わかった」

「あの、丈右衛門さま。なにか動きはあったのですか」

ここは本当のことをいうべきだろうな、と丈右衛門は判断し、お知佳が眠っている最中に起きたことをすべて話した。

「そんなことがあったのですか。でしたら、その仙太ちゃんという子もかどわかされてしまったのですね」

「そうだ」

「お勢と一緒でしょうか」

「だと思う」

「だったら、お勢は大丈夫ですね。仙太ちゃんが面倒を見てくれるから」

「そうだな」

お知佳がまた目を閉じた。寝息はきこえないが、横になっているほうが体も気持ちも楽なのは確かだ。

丈右衛門は改めて人相書に目を落とした。

この嘉三郎という男が仙太を標的としたのは、おそらく文之介に対するうらみを晴らすためだろう。それは、文之介が権埜助という押しこみの頭をはじめとする四人の仲間を獄門に追いこんだからだ。

となると、わしにも同じようなうらみを抱いているのだろうか。

それはなんなのか。

嘉三郎が何歳なのかわからないが、文之介によれば三十そこそこなのではないか、とのことだった。

となると、わしがうらみを買ったのはそんなに遠い昔ではなかろう。

丈右衛門は顎をなでさすった。

仙造の奉公先の押しこみだろうか。だから仙太が選ばれたということはないのか。

竹平屋という呉服屋だった。あの押しこみは八年ほど前のことだ。

そうか、と丈右衛門は気づいた。仙太が千両の身代の運び役に選ばれたのは、嘉三郎がわしと仙造の関係を知っているからだ。

仙造がわしに深い恩を受けていることを知っていて、せがれをつかうことをまず断らない、と嘉三郎は見ていたのではないか。

となると、やはりあの押しこみに関係していると見なければなるまい。

あの押しこみは六人組で、うち四人を丈右衛門はとらえた。残りの二人が逃げたのがわかっている。

そのうちの一人が嘉三郎で、もう一人が仙太に文を渡した小柄な男か。

そう考えて、まずまちがいなかろう。あのときのうらみを嘉三郎は晴らそうとしているのではないか。

あのときの押しこみの頭は、確か鉄太郎といったはずだ。とらえた四人は、逃げた二人のことはなにも吐かずに死んでいった。

丈右衛門としては、二人をとらえるまで四人は殺したくはなかった。しかし、仕置《しおき》は行われてしまった。鉄太郎は押しこんだ家に火を放つことを何度かしたことがあるのも判明し、そのために火刑に処された。

あのときわしは四人をどうやってとらえたか。丈右衛門は脳裏からそのときの光景を引っ張りだした。

戸締まりを常に厳重にしていた竹平屋に、六人の押しこみが入りこんできたのは、手引きがあったとしか丈右衛門には考えられなかった。

丈右衛門も最初は一人生き残った仙造が手引きしたのではないか、と疑った。

しかし、話を重ねるうちに、仙造は嘘をついていないのがわかってきた。この男が押しこみの手引きをするような男とは、どうしても思えなくなった。

なぜ借金があったのか、その理由は決して吐かなかったが、なにか事情があるのだろうというのはわかった。

丈右衛門は、仙造の外まわり先を当たることからはじめた。仙造の得意先には旗本《はたもと》や御家人《ごけにん》の屋敷も多かった。

これはいくら丈右衛門といえども、話をききにくかった。町奉行所の役人は、不浄役人として侍たちにきらわれているからだ。

それでも人一人の命を救うために、そういうことを厭《いと》うわけにはいかなかった。

丈右衛門は地道に探索していった。

そして、とある旗本の内儀と会って竹平屋のことを話した途端、あまりに大きな驚きを示したことから、その屋敷のことを調べてみた。

どうやら、仙造はこの屋敷の内儀と深い関係になり、しかも内儀の夫の薬代を貸しているらしいこともつかめた。

それがわかったことで、仙造が手引きなどしていないという確信が丈右衛門の心にしっかりとした根を張った。

仙造と内儀との不義は又兵衛にだけ話し、心の内にしまっておくことにして、丈右衛門は殺された奉公人たちの背景を一人ずつ探りはじめた。

そして、仙造と同じ外まわりの手代が、岡場所《おかばしょ》の女にはまっていたのを調べあげた。

その手代は女の身請《みう》けを考えていた。大金を必要としていた。

丈右衛門は、岡場所の女に会ってみた。思わず目をみはりたくなるような美形だった。

ただし、あまりに美形すぎた。

そのとき丈右衛門はあっさりと引きあげている。手代ははめられたのではないか、という疑いを持ったゆえで、長居して女を警戒させたくなかった。

丈右衛門は又兵衛に許しをもらい、奉行所の中間や小者《こもの》を多くつかって女を張ることにした。むろん、決して気取《けど》られないように張りこみは慎重を極めた。

丈右衛門は、その女を買いに来た男すべてに尾行をつけて探らせた。

その甲斐《かい》あって、一人の男が浮かびあがった。一応、職人という触れこみだったが、実際にはなんの仕事もしていない男だった。遊び人でしかないのに、金は潤沢に持っている様子だった。

その男がまちがいなく押しこみの一人であると確信を持った丈右衛門は、男がときおり訪れる家があるのを突きとめた。

ある日、その男が訪れたときを狙い、その家を急襲した。家には男が何人か集まり、酒盛りでもしている様子だった。

一網打尽《いちもうだじん》にしたはずだったが、二人に逃げられた。

あれはしくじりだった、と今でも後悔がある。あのとき家にいたはずの嘉三郎をとらえていたら、今回の事件は起きなかっただろう。

そう考えると、あのときにもう一度戻りたい心持ちになる。

もしその願いがかなえば、今度こそは逃がさないのに。

三

捨蔵は武家屋敷の前に立った。

目的の場所に着いたが、提灯を吹き消すような真似はしない。

あたりに人影はない。武家町らしく静かなものだが、どことなく大気がざわついている感じが肌に伝わってくる。

捨蔵は、目の位置よりだいぶ上にある小窓に向かって訪いを入れた。小窓があき、お世辞にも人相がいいとはいえない男が顔をのぞかせた。

「入れてもらえるかい」

男が捨蔵を見おろす。捨蔵は提灯を掲げ、自分の顔がよく見えるようにした。何度もここには来ている。合点した男が、どうぞ、といった。くぐり戸があけられる。ありがとよ。捨蔵はくぐり戸に身を滑りこませた。

小窓から顔を見せたのとはちがう男に、捨蔵は右手の建物に連れていかれた。大気のざわつきが強いものになってきた。怒号こそきこえないが、熱気が渦巻いているのがはっきりとわかる。

三角の影を見せている建物はこの屋敷の隠居のために建てられたときいているが、隠居が死んだあとは住む者がおらず、跡を継いだ今の当主がやくざ者に貸しだしているのだ。

捨蔵は建物内に入った。

隠居所だった割に広く、座敷が三つある。座敷をへだてていた襖はすべて取り払われ、三十畳近くは優にあるだろう。

賭場はどこも似たようなものだが、明るい大ろうそくがいくつも灯され、ずっと暗いなかを歩いてきた捨蔵の目には、昼間のように映った。

嘉三郎の命で、捨蔵はこれまでいくつもの賭場をめぐり歩いた。嘉三郎のめがねにかなう男を捜すためだ。

そして、岩ノ助《いわのすけ》という男をこの賭場で見つけたのだ。

岩ノ助には、博打の才はなかった。一目見て、捨蔵はそれを見抜いた。

捨蔵は岩ノ助に声をかけて博打の金を融通してやり、何度も飲みに誘って、今ではすっかり親しくなっている。

岩ノ助は大工としていい腕をしているからさして金に困ってはいないようだが、やはり金を融通してもらえるのは、ありがたいことこの上ないようだ。

岩ノ助は盆の前には座らず、少し離れたところに座りこんでいた。柱に背中を預け、ぼんやりと天井《てんじょう》を見つめて酒を飲んでいる。

「どうしたい、元気ねえじゃねえか」

捨蔵は横に腰をおろし、肩を叩いた。

「ああ、捨蔵さん」

岩ノ助が急に元気になった。捨蔵は本名で通している。本名を知られたところでどうということはない。

「地獄で仏ってのはこのことだ」

岩ノ助にいわれて、捨蔵はにんまりと笑った。

「なんだい、また一文なしかい」

岩ノ助が月代をかく。

「面目《めんぼく》ねえ」

岩ノ助は若くはない。すでに四十近いのではないか。それでも色白の肌はつやつやしていて、血色もいい。稼ぎがあるから、それなりにいい物を食っているのだろう。

眼光があり、そこだけ見ると博打に強そうな感じがするが、勝負勘の悪さはどうしようもない。

唇はぼってりと厚く、紅でも引いたかのように赤い。体つきがなで肩で、女のようにほっそりしている。一見、大工には見えない。

最初、捨蔵もこの賭場を仕切っているやくざ者に、大工だと紹介されたときはにわかには信じられなかった。

「いくらあればいい」

捨蔵は岩ノ助にきいた。

「五両もあれば十分かい」

「そんなにいらねえ。二両もあれば」

捨蔵は財布を取りだし、二枚の小判を抜きだした。

「いやあ、すまないね」

恐縮したように岩ノ助はいったが、心はすでに盆に飛んでいる。

「でも捨蔵さんよ、おいらにどうしてこんなに親切にしてくれるんだい。ちょっと怖いなあ」

「それはそのうちわかるさ。でも、怖がることなんか一切ねえよ」

「そうかい」

岩ノ助が少し安堵した顔になる。

「遊んでくるよ」

「ああ、がんばってきな」

しかし、岩ノ助は半刻後にはすっからかんになった。

「いやあ、駄目だったよ。今夜はつきがなかったなあ」

「勝負ごとは運だからな。そのうち波が寄せてくるよ」

「そうだよね」

「岩ノ助さん、飲みに行かねえかい」

「捨蔵さん、おいらはその言葉を待ってたんだよ」

二人は賭場となっている武家屋敷を出た。ここは深川富川町《とみかわちょう》だ。

「いつものところでいいかい」

捨蔵はきいた。もちろんだよ、と岩ノ助がうれしそうに答える。

賭場から二町ほど東へ行った深川西町《にしまち》に、一軒の縄暖簾《なわ》がある。縄暖簾というのは煮売り酒屋のことだ。

赤提灯が涼しさを感じさせる風に静かに揺れている。提灯には矢野新《やのしん》と黒々と書かれている。

捨蔵は暖簾を払い、戸をあけた。建てつけがよくなく、戸は耳障りな音を立てた。こいつだけはなんとかしたほうがいい、と捨蔵はいつも思う。せっかく雰囲気のいい店なのだから。

「いらっしゃい」

店主が元気のいい声をだす。といっても、かなりの年寄りだ。細い目がいつも柔和に笑っている。

店は混《こ》んではいない。土間に三つの長床几《ながしょうぎ》が置かれ、あとは十畳ほどの座敷があるだけだが、長床几はすべてあいていて、座敷には三人連れが座りこんでいるだけだ。

捨蔵たちも座敷に腰をおろした。店主に、酒と肴《さかな》を適当に頼む。

「おとみちゃんはいねえのかい」

岩ノ助が店主にきく。

「いますよ。今、厠《かわや》です」

「そうかい。そいつはほっとしたよ」

岩ノ助は、店主の娘であるおとみが気に入りだ。だからこの店に来たがる。

岩ノ助は、きいたところによると、独り者だ。博打にはまりすぎて女房に逃げられたという。

捨蔵としても、話を合わせるために同じ境遇ということにしてある。

酒と冷《ひ》や奴《やっこ》がまずやってきた。

「ま、飲みねえ」

捨蔵は、ちろりの酒を岩ノ助に勧めた。

「すまねえな」

岩ノ助が杯で受け、捨蔵に注ぎ返す。

二人はほぼ同時に杯を干した。

「うめえ。生き返る」

岩ノ助が大きく息を吐く。間を置かずに捨蔵は酒を注いだ。

それも岩ノ助はあっという間に干した。

「うめえなあ」

岩ノ助がきょろきょろする。

「それにしても、おとみちゃんはおせえんじゃねえかい」

「ちょっと飲みすぎたようなんで」

店主が申しわけなげな顔をする。

「なんだい、吐いてるのかい」

「かもしれませんねえ」

おとみが来ると、岩ノ助は際限なくしゃべりだす。ここはいい機会だな、と捨蔵は思った。本当はそばにいる三人連れが帰ってからにしようと思っていたが、小声ならかまわないだろうと判断した。

「岩ノ助さん、話がある」

捨蔵は低い声で話しかけた。

「なんだい」

岩ノ助の目が少し泳ぐ。とんでもないことを頼まれるのではないか、と警戒している。

「そんなに顔を引きつらせることはねえよ。仕事を頼みたいだけだ」

「仕事だって」

「ああ、おまえさん、大工だろ。家を建ててほしいんだ」

「なんだ、そいつはうれしいなあ。捨蔵さんの仕事なら喜んでやらせてもらうぜ」

「そいつはありがてえ」

捨蔵は酒で唇を湿《しめ》した。

「どこに建てるんだい」

場所はすでに決めてある。

「亀戸富士《かめいどふじ》は知ってるな。あの近くだ」

「亀戸富士というのは、亀戸村の浅間社《せんげん》にあるつくり物の富士のことだ。

「でもあんなところ、ほかになにもないぜ。あんな辺鄙《へんぴ》なところに建てるのかい」

さすがに岩ノ助は不思議そうにしている。

「まあな」

「なにを建てるんだい」

それには答えず、捨蔵は金額を口にした。

「五百両でどうだい」

「えっ、五百両。すげえな、そいつは。豪儀《ごうぎ》な話じゃねえか」

「それは前金だ。建てたあとに、さらに五百両」

「ええっ、じゃあ千両かい」

「岩ノ助さん、声がでかい」

「すまねえ」

岩ノ助は絶句したままだ。だが、すでに目の色が変わっている。

断られることなど考えていなかったが、これならまず大丈夫だ。

捨蔵は満足だった。

四

泣きだしそうだ。怖くてならない。

いったいどうして、こんなことになったのか。目から涙が出そうになるのを、仙太は必死にこらえた。

部屋は暗い。行灯はそばにあるが、火は入れられていない。

ここはどこなのか。

長屋ではなく、一軒の家らしいのはわかっている。三方が襖なのだ。そんなつくりは長屋にはない。

外は風が強く吹いているようで、それが仙太のいる部屋の壁をじかに打ち、右側の襖側からは雨戸が揺れる音がきこえてきている。

この家にいるのは、どうやら二人だ。役者のような顔をした男と、丈右衛門への文を託してきた小さな男だ。

今、二人ともそばにいない。部屋を出ていってからだいぶたつ。

どこに行ったのかはわからない。逃げるなら絶好の機会だろうが、手足の縛めはどんなにじたばたしてもゆるまない。隙がまったくなく、身動き一つできない。

誰か助けてっ。

思い切り叫びたかったが、それもかなわない。猿ぐつわががっちりとかまされているからだ。声は出ないことはないが、入れ歯をはずされた年寄りのような間の抜けたものしか出ない。

これでは近くに人がいたところで、なにもきこえないだろう。

それに、と仙太は思った。多分、この家のまわりには、人家がほとんどないのではないか。なにしろ静かなのだ。静かすぎるくらいだ。

仙太が住んでいるところでは、夜になっても人々の暮らしている息吹《いぶき》というか、ざわめきのようなものが届くが、ここではそんなものは一切感じない。

これは、近くにほとんど人が住んでいないからだろう。どこか田舎に連れてこられたにちがいない。

どこだろう。仙太は考えはじめた。

向島に向かう途中、同じような歳の男の子に文を渡されたのは北本所だ。あのあたりに土地鑑はほとんどないが、それはまずまちがいない。

あの文には、すぐ右手の路地に入れ、と記されていただけだ。たくさんの材木が立てかけられている路地に入った次の瞬間、うしろから家でも潰れたような轟音《ごうおん》が響いてきたのにはびっくりした。

振り返ったときは、もうもうとした土煙が立ちこめ、なにが起きたのかわからなかった。材木が倒れたんだ、と解したときにはほっかむりをした二人の男が、仙太めがけて駆け寄ってきたところだった。

逃げる間もなく男に腹を打たれ、仙太は気を失った。

次に目を覚ましたのは、舟のなかだった。櫓《ろ》の音と揺れが仙太を起こしたのだ。そのときにはすでに縛めと猿ぐつわがされていた。

目を覚ましたことをさとられるのは得策ではないように思え、仙太は気絶したふりをずっとしていた。

とうに太陽が没し、暗くなっていたのが仙太に幸いした。目を覚ましたことを、二人の男に気づかれなかった。

舟がどこかの岸に着き、一人の男に抱えあげられたときが一番怖かった。なにをされるかわからず、眠ったふりをしているのは度胸が必要だった。

家に運びこまれただけというのがわかり、心からほっとした。

それから二人の男はうどんを食いながら、話をしていた。仙太は文之介が助けに来てくれたときのために、二人の話をきくことに集中した。

隣の間に寝かされているようだが、お勢が生きているのがわかったときは、うれしかった。心が弾んだ。砂糖の湯をやるなど、なかなか大切にしているようだ。

しかし肝心な話はそれくらいで、二人は奪った千両の話ばかりしていた。そのうちうどんのにおいに強烈にそそられ、仙太は腹が鳴ってしまった。まずいと思ってそのときにやっと目覚めたふりをしたが、二人は仙太がとうに起きていたことに気づいてはいなかった。

文之介の兄ちゃん、はやく助けに来て。その思いを吹き飛ばすようにいきなり襖があき、仙太はぎくりとした。人影が入ってきて、腰をおろした。

「おい、本当に腹は空いてねえのか」

声からして、役者のような男のほうだ。顔立ちはととのっているが、この男は冷酷だ。瞳には、刻みこまれたようにくっきりとずるがしこさが見えていた。人を化《ば》かすといわれる狐《きつね》を人にしたら、こんなふうになるのではないか。

仙太は答えない。

「強情《ごうじょう》なやつだな。うまいうどんを食わしてやるといってんだぜ」

仙太に食うつもりはない。こんな男たちのつくったうどんを食うのなら、飢《う》え死したほうがましだ。

火打ち石の音がした。行灯が灯され、部屋がほんのりと明るくなった。薄汚れた天井が見え、それが見慣れたものでないことに、仙太はいいようのない不安を抱いた。

狐男がすぐそばにいるのに気づき、心の臓が縮みあがった。もし縛めをされていなかったら、体がはねあがっていただろう。

狐男は、なにもいわずにじっと仙太を見ている。血が通っている者の目ではない。

怖くてまた涙が出そうになったが、泣くのはこの男に負けた気がして、それのほうがたまらなくいやだった。

そう、泣いてたまるか。ここは土性骨《どしょうぼね》の見せどころだ。きっと文之介の兄ちゃんが助けだしてくれる。

今だって、一所懸命に捜してくれているはずだ。

ここにいるよっ。大声で叫びたい。

「おまえ、どうしてうどんを食わねえんだ。きらいなのか」

狐男が笑う。

「俺たちのつくったうどんじゃ、食いたくねえか。飢え死してもいいとか思ってやがるのかもしれねえが、そいつは考えちがいだぜ。逃げだす気でいるのなら、体の力を常に保つ心構えでいなくちゃならねえ」

悪人にしてはけっこうましなことというじゃねえか、と仙太は思ったが、それでも食べる気は起きない。

狐男が仙太に向かって手をのばしてきた。仙太は体であとずさった。

だが男の手は猿ぐつわをはずしていた。いつはずしたのか、仙太にはわからない手ばやさだった。

「これで少しは話しやすくなったか」

狐男が笑いかけてきた。まったくなんのあたたかみもない、気持ちが冷えるだけの笑みだ。

「いいか、大声をだすなよ。もしだしたら、隣で寝ている赤子を殺す」

これは脅しではない、と仙太は直感した。この男はやるといったら必ずやる。

「もっとも、大声をだしたところで誰にもきこえるはずがねえというのは、おめえにもわかっているだろう」

狐男が唇を曲げた。笑っているのだ。

「おめえ、そのくらいの知恵はありそうだものな。それに気が強えというのはいいことだ。おめえ、その気になれば押しこみになれるぜ。俺が一からしこんでやろうか」

五

朝日がひどくまぶしい。

文之介は目をしばしばさせ、うつむき加減になった。あまり寝ていないこともあるのだろう。

箱崎町《はこざきちょう》にやってきた。

裏の路地に入ると、日がかげったが、しばらく歩くと陽射しは戻ってきた。三月庵と扁額が出ているところで足をとめる。

さらにせまい路地を入った。垣根越しに、庭に花が植えられているのが見えた。文之介には、なんという花なのかわからない。

三月庵は、弥生という娘が手習師匠をつとめている手習所だ。朝がはやいために、手習子たちはまだ来ていない。素読《すどく》の声はきこえてこない。

枝折り戸をあけ、文之介は庭に足を踏み入れた。濡縁の下にいたクマがむくりと起きあがった。相変わらず大きな犬だ。しっぽを振って近づいてきた。文之介は頭をなでた。

障子に向かって訪いを入れる。

応《いら》えがあり、障子があいて弥生が姿を見せた。相変わらずほっそりとしていて、きれいだ。黒目の輝きがいつにも増して、美しく見える。

静かに濡縁に出てきた。

「おはようございます」

弥生が笑顔で挨拶する。

「おはよう」

文之介は返した。

弥生の期待の籠《こ》もった目が文之介の背後に向けられたが、そこには弥生が想《おも》っている勇七はいない。

「あの、こんなに朝はやくどうかされたのですか」

確かにまだ六つ半くらいだろう。子供たちがやってくるまでに半刻近くあるのではないか。

「ちょっと話があってな。仙太のことだ」

いいづらかったが、三月庵の手習子である仙太がどういうことになったか、弥生に話さないわけにはいかない。

文之介は話し終えた。弥生は驚きを隠せずにいる。いや、愕然《がくぜん》としている。クマが不思議そうに見あげている。

「すまねえ、俺のしくじりだ」

「仙太ちゃんは無事なんでしょうか」

「無事だと思う」

文之介は強くいった。

「こいつは、そう信じているのとはちがう。とある男が仙太を俺の目の前でさらったんだが、そいつの的《まと》はまちがいなくこの俺だ。仙太を殺す理由がねえ。殺す必要もねえ」

そうですか、と弥生は小さく答えた。仙太のことが案じられてならない風情に、変わりはない。文之介も、今の言葉で弥生の心から黒雲が取り払われると思っていない。

「ついでに勇七のことも教えておく」

文之介は語った。お克のことを隠さずに口にした。

「勇七さん、だから一緒にいらっしゃらないんですか」

「そうだ。弥生ちゃん、じき勇七は帰ってくる。あいつを支えてやってくれないか」

「はい、わかりました」

静かな声だったが、決意が読み取れるしっかりとした口調だ。

「ありがとう」

文之介は頭を下げた。弥生なら誠心誠意、勇七に尽くしてくれるだろう。

「弥生ちゃん、仙太のことはほかの子供たちには内密にしてくれ」

「はい、わかっています。私も、心配はかけたくありません」

「仙太は今、悪い風邪を引いている。うつるとまずいから、見舞いも遠慮してもらっている。そういうことにしておこう」

「承知しました」

クマと弥生の見送りを受けて三月庵をあとにした文之介は、嘉三郎から文が届いていないか、八丁堀の屋敷に足を向けた。

屋敷の前の道に、朝日を正面から浴びて人影が立っていた。まさか文を届けに来た者じゃねえだろうな。

文之介は身を隠すようにして近づこうとしたが、立っているのが誰かすぐにわかった。

「紺之助親分じゃねえか」

文之介は声をかけた。

「久しぶりだな」

「ああ、文之介さま」

紺之助が一礼する。一人だ。子分を連れていない。

「どうした、こんな朝っぱらから」

「ああ、はい、そのことなんですが」

紺之助が、御牧屋敷に怪訝そうな目を向ける。

「あの、ご隠居も朝はやくからお出かけなんですかい」

紺之助は信頼できる男だ。今、なにが起きているのか伝えても口外することは決してないだろう。だが、教えるわけにはいかない。

「ちょっとあってな」

「事件ですかい。おっと、そういうのはわしらのような半端者《はんぱもの》が口だししちゃ、なりませんね。なんでもききたくなるのは、わしの悪い癖ですよ」

「話せるときがきたら、紺之助親分には必ず話すよ」

「そりゃ、ありがてえこって」

紺之助が破顔する。表情を引き締めた。

「ああ、こちらにまいった用事を忘れるところでしたよ」

紺之助は、勇七のことを教えてくれた。

「あいつ、紺之助親分の賭場で暴れやがったのか。なにやってんだ、あの馬鹿が」

「いえいえ、文之介さま、そのことはよろしいんですよ」

紺之助が取りなすように手を振る。

「わしは勇七さんに、文之介さまのところに戻るようにいったんですよ。そのときはちゃんと心に届いた手応えがあったんですけど、勇七さん、まだ心のおさまりがつかないのか、次の日、ぷいっと姿を消しちまったんですよ。あの様子では、まず戻っていないのではないか、と思い、それで文之介さまが心配されているのではないかと、こうしてまかり越した次第です」

「そうだったのか」

「勇七さん、戻ってきましたかい」

「いや、親分の思った通りだ」

「さいですかい。せっかくわしのところに勇七さんがやってきたのに、また姿を消すことになっちまって、まったく申しわけないこってす」

「いや、親分、謝らなくてもいい。とにかく生きているのがわかったからそれで十分さ。ありがとう」

文之介は心から礼をいった。

「勇七はじき戻ってくる。俺たちの絆はそんなに浅いものではないから」

紺之助が朝日でも目にしたかのようにまぶしげになる。

「そこまでいいきれるご関係というのは、わしのように信じられる者がほとんどいない者にとって、うらやましくてなりませんよ」

紺之助は帰っていった。

文之介が枝折り戸を入ろうとしたとき、右手から人影が近づいてくるのが見えた。

「お春」

文之介は声をだし、駆け寄った。

「危ないから一人で来るなっていったじゃないか」

お春がすまなげな顔になる。

「わかっているの。でも、いろいろと心配だから」

お春は心の底からそう思っている。それが文之介にははっきりとわかった。

思わずお春を抱き締めた。

お春はあらがわない。うっとりしているというほどではないが、頰がうっすらと桜色に染まり、幸せそうだ。

こんなときだが、文之介は天にものぼるような心持ちだった。

六

あまりうまくはない。

でも、やめようと思うほど酒は苦くない。

勇七は畳の上にちろりを置いた。杯は酒であふれそうだ。それを一気に干した。喉をくぐり抜けた酒が落ちてゆく。杯を何杯も重ね、ちろりもすでに三つ目だが、燗《かん》をつけられた酒の熱さは、腹のなかで薄まるようなことはない。腹があたたまる感じがなにより心地よい。

勇七は酒をまた杯に注ごうとしたが、ちろりは空だった。手をあげ、小女を呼ぶ。

「酒を頼むよ」

ありがとうございます、と小女がいい、勇七が肴のたくあんを三枚、咀嚼《そしゃく》し終えたときに新たなちろりを持ってきた。

「お待たせいたしました」

ちろりをていねいに置く。

「なにかほかに召しあがりますか」

勇七は、どうしようか、と思案した。肴がたくあんだけというのは寂しい。

「ここはなにがお勧めなんだい」

小女が壁にびっしりと貼られている品書きに手のひらを向ける。

「そうですね、湯豆腐なんてよろしいんじゃないかと思います。おいしいと特に評判のお店から仕入れていますから」

「じゃあ、そいつをもらおうか」

「はい、ありがとうございます」

小女が座敷を去ってゆく。ほかに客は数名入っているが、いずれも酒は飲んでいない。ここは深川佐賀町の一膳飯屋《いちぜんめしや》だ。

昨日の夜、勇七は世話になった紺之助のもとをあとにした。なにもいわずに出てきてしまったことにすまなさを覚えたが、それ以上に勇七の心に痛みを与えているのは、やはりお克が嫁いだことだった。

勇七は朝から酒が飲みたくてたまらず、ふらふらと歩いていて、この一膳飯屋が目に入ったのだ。酒という幟《のぼり》がひるがえっていることが決め手となった。どうしても飲んだくれたくてならず、吸いこまれるように暖簾をくぐったのだ。

紺之助の、文之介こそが真の友という言葉は心に響いたが、まだお克のことは忘れきれていない。心に重く引っかかったままだ。

それだけお克のことを想っていた証だろうから、そのこと自体、勇七は恥じていない。でも、と思う。いつかはお克のことは忘れなければならない。つらいけれど、そうするしかない。

そのために酒が必要だった。

勇七は杯を傾けた。やはりあまりうまくない。酒がよくないのか。だが、そんなのは関係なかった。今は酔えればいい。

きれいだったよなあ。

勇七は、お克と知り合ったときを思いだした。まさに天女があらわれたと真剣に思ったものだ。

あれは、お克がならず者に絡まれているところを文之介があいだに入って救ったのだ。もっとも、それはお克が幼なじみに頼んだ狂言にすぎなかった。文之介に惚れていたお克は、文之介と知り合うきっかけがほしかったのだ。

あそこまでしたってことは、お克さん、本当に旦那に惚れていたんだなあ。

勇七はお克に対して、そこまでできなかった。となると、本当に惚れていなかったことになるのかなあ。

そんなことはないと思う。本気で惚れていなかったとしたら、ここまで落ちこむとはとうてい思えない。

でも、俺は結局のところ、なにもいえずじまいだった。

そのことには強烈な悔いがある。そのうちなんとかしようと思っているうち、お克は嫁に行ってしまった。

こんなことならせめて、大好きです、というべきだった。なにもいわずに終わってしまったから、後悔が大きいのではないか。

そんなこと、今さらいってもはじまらないんだけど……。

お克さんは結局、旦那のことをあきらめて他の男に嫁いでいったことになる。

その運のいい男とはこの前会ったばかりだが、大店のあるじとのことだった。こざっぱりとしているが、金がかかっているのがわかる身なりをしていた。見た目通りのいい男なのだろうか。

あのときは頭に血がのぼっていて、お克が抱いていた赤子を二人のあいだにできたものと勝手に思ってしまったが、今考えてみるとそんなことはあり得ない。

お克さんは赤子ができたから、嫁いだわけではない。そうなのだ、お克さんはそんなふしだらな女ではない。

お克さんは、と勇七は思った。旦那のことをあきらめられたのだろうか。

あきらめたのだろう。

お克さんにできたのなら自分もそうすべきだ。人の女房になってしまった女のことを、いつまでも考えるのは女々しすぎる。

「お待ちどおさま」

小女がやってきた。勇七の前に、湯気がほかほかと立ちのぼっている小鍋を置く。

「うまそうだね」

勇七は笑顔で語りかけた。こんな笑いもずいぶんと久しぶりのように思える。

「ええ、とてもおいしいですよ」

小女がにっこりと笑い返す。

「お客さん、お酌しましょうか」

「いいのかい」

「ええ、今は忙しくありませんし」

ちろりを持って、小女が杯に酒を満たしてくれた。

「ありがとう」

勇七は礼をいって、酒をすすった。

「あの、お客さん」

小女が声をひそめていう。

「うちのお酒、そんなにおいしくないでしょう。なにがあったか知りませんけど、あまり飲みすぎないほうがいいですよ」

最後は明るくいって、小女が座敷を去ってゆく。

ありがとう、と勇七はうしろ姿にいった。

俺はもうきっと大丈夫だ。お克のことを一歩下がって考えられるようになったのも、明るい笑顔ができるようになったのも、心のなかからお克のことが薄れてきつつあるからではないだろうか。

そのこと自体少し寂しかったが、どのみちいつかは思い切らなければいけないことだ。

湯豆腐を食べる。熱々だが、豆腐自体、小女がいうだけあってすばらしく、口のなかで潰れると甘みがふんわりと広がってゆく。たれもついてきているが、つけなくても十分だった。

こいつはうめえや。

勇七は湯豆腐を食べることにひたすら専念した。

湯豆腐はすぐになくなってしまった。だしの昆布も胃の腑《ふ》におさめた。

うまかったなあ。

空になった小鍋を見て勇七は満足した。ちろりの最後の酒を杯に注ぎ、静かにすする。

この酒の味にも慣れて、そんなに悪くないと思いはじめている。

ただし、もうこれ以上の酒は必要ない。杯には、あとひとすすり分の酒が残っているだけだ。

酒を飲み干そうとして勇七は手をとめた。文之介の顔が映っていたからだ。

旦那。勇七は心で呼びかけた。無性になつかしい。

今、どうしているのだろう。きっと旦那が俺のことを考えたから、こうして顔があらわれたのだろう。

幼い頃から、喧嘩《けんか》しては仲直りの繰り返しだった。

それにしても、よく喧嘩したなあ。

その頃の思い出の一つが、明瞭《めいりよう》に浮かびあがってきた。

あれもなにか些細《ささい》なことが理由で喧嘩になり、もう二度と口きかねえからな、とお互いに啖呵《たんか》を切ってわかれたあとのことだった。

その直後、勇七は重い風邪を引いてしまった。ひどい高熱が続き、勇七自身、子供心に、こりゃ駄目かもしれない、と死を覚悟したほどの重さだった。

そんなとき、見舞客があった。勇七が手習所に姿を見せないことを心配して、文之介がやってきたのだ。喧嘩してから、まだ二日しかたっていなかった。

うつるからと勇七の母親がとめるのもかまわず、文之介は毎日見舞いに来てくれた。

高熱に浮かされていたから、そのときのことをはっきりと勇七は覚えていないが、熱がようやく下がって目をあけたとき、そばにうつらうつらしている文之介がいたのを見た。

そのために一瞬、勇七は自分がどこにいるのかわからなかった。

だが、なにしてるんだよ、と声をかけた途端、文之介がいきなり泣きだしたから心底驚いた。

勇七は高熱に浮かされ、およそ十日ばかり寝続けていたのだ。そのことは、あとで母親から知らされた。もちろん、文之介の見舞いのことも。

あの頃から文之介は情に厚かった。やさしかった。

あの旦那のそばを離れて、俺はいったいなにをしているんだろう。

文之介のもとに帰りたい。

だが、まだ躊躇するものが勇七の心のなかに残っている。ほんの一握りのものにすぎないが、それは草花でいえば種のなかにある核のようなもので、最後までどうしても残ってしまうのだろう。

お克のことはじきに忘れられそうだといっても、この核がどこかに流れていってくれなければ、お克のことを完全に吹っ切れたとはいえないのだ。

それに、と勇七は思う。いくら深い絆が文之介とのあいだにあるといっても、今さらのこのこと戻っても許してもらえないのではないだろうか。

居場所がないような気がしてならない。

七

「父上」

文之介は障子戸越しに静かに呼んだ。

「文之介か。入ってくれ」

返す丈右衛門の声も低い。

「失礼します」

文之介はそっと障子戸をあけ、土間に入りこんだ。すばやく戸を閉める。

正座している丈右衛門が手招く。父の向こう側に掻巻を着たお知佳が寝ている。

文之介はあがり、丈右衛門の前に腰をおろした。

「知らせるべきところは、すべてまわってまいりました」

「そうか。疲れただろう」

丈右衛門の目にはいたわりの光がある。文之介の気持ちを知り抜いた瞳だ。おそらく、丈右衛門も同じように悲しい知らせを持っていろいろなところをまわらなければならないときが、いくらでもあったのだろう。

そうだ、俺だけではない。文之介はそう思うだけで、力がわいてくるのを感じた。

「ところで文之介、きかせたいことがある」

はい、と文之介は背筋をのばした。

「八年前の押しこみのことだ」

八年前ときいて、文之介はぴんときた。

「竹平屋の押しこみのことですか。仙造の奉公先だった呉服屋ですね」

「そうだ。押しこみは六人だった。そのうちの四人を、わしはとらえた。どうして今その竹平屋の話をするかというと、逃げた二人が今度のかどわかしに関《かか》わっているのではないか、と思えるからだ」

「では、八年前の竹平屋の押しこみの一人が嘉三郎だった、とおっしゃるのですか」

「そうだ」

どういう経緯でそういう考えに至ったか、丈右衛門が話す。

「文之介、竹平屋の押しこみの件、改めて調べてくれるか」

「承知しました」

丈右衛門が説明を加える。それによると、逃げた二人は、朱引《しゅび》き外《そと》に逃れたのではないかという感触があったという。

朱引きというのは、府内と府外の境を示すために地図に引いた赤い線のことだ。これはそのまま、町奉行所の力が及ぶ領域となっている。

そして最近、二人は府内に戻ってきたのだろう。そのときを丈右衛門は待っており、二人が戻ってきたら必ずとらえる気でいたが、その前に隠居ということになってしまった。

「わかりました。今からさっそく調べに入ります」

「頼む」

丈右衛門が、鉄太郎という頭の住みかを教える。

そして、竹平屋の外まわりの手代をはめる手伝いをした岡場所の女の住みかも。その女は、一応とらえたが、なにも知らなかったという理由で、百日の入牢《じゅろう》だけで放免になっていた。

「名はおみちという」

文之介はその名を頭に叩きこんだ。

「文之介、勇七はまだ行方が知れぬままか」

「ええ」

「文之介、戻ってくるのを信じているな」

「もちろんです。あいつの一番光り輝く場所は、それがしの中間ですから」

丈右衛門がにっこりと笑う。人を心から穏やかにさせる笑みだ。横になっているお知佳も、丈右衛門がそばにいてくれるからこそ無心に眠っていられるのかもしれない。

丈右衛門に屋敷にいるときと同様に挨拶してから、文之介はお知佳の長屋を出た。

嘉三郎たちについて、いろいろと知る必要がある。行くべきは、竹平屋の手代を罠《わな》に引きこんだ岡場所の女おみちのところだろう。

文之介は岡場所に向けて、足をはやめた。

岡場所は公儀の意向で新宿《しんじゅく》、品川《しながわ》、千住《せんじゅ》、板橋《いたばし》、そして深川と次々に潰され、今はないといわれている。江戸には独り者と好き者が多いのは事実で、岡場所は表向きはなくなったようなものの、春をひさぐ宿はいくらでもある。男たちの欲望のはけ口に事欠くことは決してない。

深川も盛時とはくらべものにならないほどになっているが、それでもやはりその手の宿を捜すのに手間取ることはない。

丈右衛門によれば、深川亀久町《かめひさちょう》におみちはいたということだった。石亀屋《いしがめや》という宿だ。

石亀屋は潰れることなく、今も宿を営んでいた。

町方役人ということで警戒されたが、すぐにおみちという女についてききたいだけだというのを宿の者が知ると、こころよく話してくれた。

ただ、残念なことにおみちは二年前に肺の病で死んでいた。どうやら、労咳《ろうがい》だったようだ。

おみちと親しかった者も死んだり、散り散りになったりして、話をきくことのできる者はいそうになかった。

礼をいって石亀屋をあとにした文之介は、鉄太郎の住みかに向かった。

深川亀久町からそんなに離れていない。せいぜい八町ほど先にある深川三好町《みよしちょう》だ。

押しこみの頭の鉄太郎の住みかは、今も建っていた。五部屋ほどはある、かなり大きな家だ。大木や石が配された庭も立派で、人が暮らす家というより別邸といった趣《おもむき》が強い。

今は商家のあるじから隠居した年寄りが、二人の妾《めかけ》とともに住んでいた。もう還暦をとうにすぎた隠居だが、頭をつるつるに丸めていることもあり、その脂ぎった顔は女好きの僧侶《そうりょ》にしか見えなかった。

さっそく話をきいてみたが、もう八年も前のことだけに隠居も妾も鉄太郎について、なにも知らなかった。

それであきらめるわけにはいかない。八年前、この家の持ち主だった男のもとに足を運んだ。

鉄太郎に家を貸したのは、鉄太郎の病気療養のためという理由だったようだ。別に悪い病気ではなく、体が疲れやすいということだけで、しかも金払いはとてもよかったから家主としても貸さない理由はなかったようだ。鉄太郎も先ほどの二人の妾を囲っている男と同じく、商家の隠居ということにしていたらしい。

今住まっている隠居に、あの家は売ったという。

「まあ、御番所《ごばんしょ》からも、咎人に貸していたということでいろいろ厳しくいわれましたからね、売ってしまったほうがまだあと腐れがないかな、と思ったんです」

押しこみの頭として町方につかまったときいたときには、とにかく仰天《ぎょうてん》したという。

そんな調子で、家主だった男も鉄太郎についてほとんどなにも知らなかった。

家の近所も当たってみた。二刻ばかりのときをかけてしつこいくらいに調べてみたが、なにも得られなかった。

必死に働いてはみたものの、どうもしっくりいかない。このあたりに手がかりはひそんでいるような気がしてならない。

丈右衛門が調べてほしいといったためだけでなく、文之介の勘もあるのだが、ただし一人では調べるのには無理があるような気がしないでもない。

こんなとき、文之介が脳裏に思い浮かべるのはただ一人だった。

あの野郎、いったいいつになったら戻ってきやがんだ。

八

夕闇が駆け足のように迫ってくるなか、文之介は深川島田町に入った。行きかう人たちは少しでもはやく家に帰ろうと、誰もが急ぎ足だ。

文之介の足取りはそれとは逆で、重いものになっている。収穫なしで戻るのは、定《じょう》町廻《まちまわ》り同心として常のこととはいえ、御牧丈右衛門のせがれとして少し恥ずかしいものがある。

父上だったら、と文之介は思った。なにかつかんでいたのではないか。

きっとそうにちがいない。しかし、今は自分ができることをしてゆくしかない。父上だって、最初から仕事ができていたはずがないのだ。

いや、ちがうのだろうか。丈右衛門ははなから人とはちがう、際立った力を示していたのだろうか。

そうかもしれない。とすれば、俺は似ても似つかないせがれなのか。

いや、そんなことは思うまい。今はくらべものにならないかもしれないが、いつかは父上のようになってみせる。

文之介は空を見た。よく晴れていて、星の輝きの一つ一つがはっきりと見える。小さな星がかたまり合い、輝きを大きくしているように見えるものもある。

空に仙太の顔が浮かんだ。今どこにいるのか。お勢と一緒なのか。

二人とも無事なのか。

それについては、嘉三郎が二人を始末するのは無駄な殺生《せっしょう》であると思ってくれることを祈るしかない。

だが大丈夫だろう、という気はしている。弥生にもいったことだが、嘉三郎が二人をかどわかしたのはなにか狙いがあってのことだろう、と思えるからだ。

足を進めているうちに、さらに暗さは増してきた。提灯に火を入れて歩いている者の姿が、ずいぶん目立つようになってきている。

文之介は懐から小田原提灯をだし、火打ち石で明かりを灯した。幼い頃は提灯に火をつけるのも不器用なせいでかなり手間取ったものだが、慣れてしまった今はなんということもない。三十を数えるくらいまでに火をつけられる。はやい人なら十でも十分だが、三十でもなんら支障はない。

提灯のわびしい明かりを頼りに、文之介は歩き続けた。勇七のことも頭に浮かぶ。今、どこにいるのか。気になるが、こればかりは戻ってくるのを待つしかない。

文之介は深川島田町に入り、お知佳の長屋の木戸をくぐった。店《たな》の前に立つ。訪いを入れると、すぐに入れられた。

文之介は、調べがどういうふうになったか丈右衛門に話した。

「そうか」

丈右衛門はやや残念そうな顔を見せた。

「なにもつかめなかったか。八年前では仕方あるまい」

文之介は自らの考えを述べた。丈右衛門が深いうなずきを見せる。

「かもしれんな。一人ではやはり探索にも限りがあろう」

「明日、鹿戸さんたちにも頼んで、もう一度鉄太郎の住みかの界隈を調べてみようと思います」

「それがよかろう」

文之介は、丈右衛門の背後で搔巻を着ているお知佳が目をあけたのを見た。起きあがろうとしている。

「大丈夫ですか」

文之介は声をかけた。

お知佳がうつむき加減に目を伏せる。襟元をかき合わせた。

「こんな姿をお目にかけて、とても恥ずかしいんですけど」

「いえ、そんなことはありませんよ」

顔色は相変わらずいいとはいいがたいが、やや頰に肉が戻ったように見える。少しは体調がよくなった証だろうか。

ただ、その姿はやけに色っぽく、お知佳の姿に女を見てしまったような気分の文之介はあわてて立ちあがった。

「では、これで失礼します」

「文之介、これからどうするんだ。また自身番につめるのか」

丈右衛門がきく。

「そのつもりです」

「文之介、仕事に没頭したい気持ちはわかりすぎるほどわかるが、一度、屋敷に帰ってこい。ほとんど寝ていないんだろう。今夜はしっかりと睡眠を取ってこい。それから着物も替えてこい」

「しかし……」

「におうとはいわんが、文之介、着物を取り替えたり、湯屋に行ってさっぱりしたりするだけでも風向きが変わることがある。つきを変えるのはとても大事だ。いいか、今日は屋敷でたっぷりと寝てこい」

「わかりました」

「文之介、必ずだぞ」

「はい」

経験豊かな丈右衛門がそういうのだから、文之介は素直にその言葉にしたがうつもりだった。お知佳と丈右衛門の二人に頭を下げ、長屋をあとにした。

八丁堀の屋敷に着き、文之介はさっそく湯屋に行った。

湯屋は混んでおり、湯も汚くなりつつあったが、それでも気持ちいいのに変わりなかった。湯船に浸かり、背中を預けて暗い天井を眺めると、体が溶けてゆきそうな心持ちになるくらいだった。気もゆるみ、あくびが出てきた。

これまでどれほど気を張りつめていて、疲れきっていたのかがはっきりとわかった。こんなに疲れていては、いい働きを望むほうが無理というものだろう。

本当に父上のいう通りだな。

文之介は経験というものがいかに大切であるか、思い知った。仙太やお勢が風呂に入れているはずがなく、すまない思いもあるが、こちらが疲れてしまっては探索もうまくいくまい。

明日からはきっともっとうまくいくという気持ちに文之介はなることができた。

だが文之介のその思いとは裏腹にその後、二日のあいだなにも起きなかった。

文之介はその間も吾市たちの力を借りて鉄太郎のことをいろいろと調べたが、収穫らしいものは一つもなかった。

わかったことは、鉄太郎は金離れがよく、町の者にはなかなか慕われていたということだった。面倒見がよく、困った者には金をくれてやったりしたそうだ。だから、鉄太郎が凶悪な押しこみの頭としてつかまったとき、近所の者は誰もが驚愕したそうだ。

夕暮れ近くになって探索を切りあげ、吾市や中間の砂吉《すなきち》たちと奉行所に引きあげてきたとき、大門のところで姉の実緒に会った。ちょうど門を出てきたところだった。産んだばかりの信一郎をおんぶしている。

「あれ、姉上」

文之介は声をかけた。

「ああ、文之介」

吾市たちは、実緒に挨拶して大門の横の入口を入ってゆく。その先に同心詰所《どうしんつめしょ》があるのだ。

「どうしたの」

文之介は姉にたずねた。

「お弁当を持ってきたの。あの人、忘れていってしまったから」

「じゃあ義兄《にい》さん、今日は宿直《とのい》なの」

「そうよ」

文之介は信一郎に目を向けた。

「よく寝ているね」

「寝るのがすごく好きみたい。いつも眠っているわ」

「赤子は寝るのが商売だからね。それに、おとなしいのは助かるんじゃない」

「でもいったん泣きはじめたら、思い切りお尻でもつねられているみたいに泣くわよ。どんなにあやしてもなかなか泣きやんでくれないの」

「やっぱりたいへんだね」

「でも、楽しいわ」

そういう姉の瞳はきらきらしているし、頬はつやつやしている。赤子の面倒を見ている疲れややつれはまったく見えない。文之介は母親のたくましさを感じた。実緒は自信に満ちあふれている。まともに顔を見られない。

文之介はじっと信一郎を見た。こうして赤子の無垢《むく》さに触れると、いいことがあるのではないか、と思える。産後の肥立ちがどうか実緒のことも気になっていたから、ここで会えたのはとてもよかった。安堵の気持ちが心を満たしてゆく。

きっと明日こそはうまくいく、という気になることができた。

「姉上、ありがとう」

自然に口をついて出ていた。

「えっ、なにが」

文之介はにっこりと笑った。

「ここで会えたことさ」

「そう」

実緒が少しまぶしげな表情になる。

「文之介、あなた、たくましくなったわ。今難題を抱えているんでしょうけど、きっとうまくいくわ。私にはそれがわかる、はっきりとね」


戻ろうかな。

勇七は住みかの中間長屋に帰ろうという気になっている。だが、やはり敷居は高い。父親の勇三になにをいわれるかわからない。勘当はされないまでも、張り倒されるにちがいない。

いや、勇三になにをされようと恐れるものはない。

顔を合わせづらいのはやはり文之介だ。行けば、あっさり許してくれるはずというのはわかる。文之介はなにもいわず、自然と一緒に仕事をはじめられるのはまちがいない。

そういうのがわかっていても、こんなに長いこと会わなかったのははじめてということもあって、どうしても文之介のもとに足を向けづらい。

こんなことではいかんのだけどなあ、と思いつつ、勇七はここ二日、深川の神社の本殿の下で寝ている。神社の境内に入りこんで寝るなど、町奉行所の者としてもってのほかだが、今の勇七にはほかに泊まる場所がない。なにしろ一文なしなのだ。

夏は終わったとはいえ、幸いにもまだそんなに寒くないから助かる。薄着でも根が頑丈なせいか、風邪も引かない。

ただ、ぶんぶんとうるさく飛びまわっている藪蚊《やぶか》にだけはまいっている。朝晩ともにかなり冷えを感じるようになってきたというのに、まだ元気がいいのだ。

藪蚊だけが理由ではないだろうが、熟睡はもちろんできていない。着物もずっと着たきりで、よほどくさいのか、道を歩いていると行きかう人たちに顔をしかめられる。

だから今、勇七はまだ日が高いというのにもう本殿の縁の下に入りこんでいる。腹の虫が鳴った。ここ二日ほとんど食べておらず、背中と腹がくっつきそうな感じというのを久しぶりに味わっている。

いったい俺はなにをやっているのかなあ。

情けなさだけが募る。

なにもすることがなく、目を閉じた。

まぶたの裏に文之介の顔が映る。今頃、仕事に精だしているにちがいない。

今、なにか重大な事件が起きてはいないのだろうか。

旦那は、と勇七は思った。俺のことを必要としていないのだろうか。

九

ほう、とため息が出た。

目の前にできあがった建物を見て、捨蔵はほれぼれした。

「すごいね」

捨蔵は岩ノ助にいった。

「いい腕だ」

「そうかな」

謙遜してみせたが、岩ノ助の顔には、このくらいは当然、と記されている。やはり腕に自信はあったのだ。

捨蔵は岩ノ助に向かってうなずいた。

「そうだよ。これだけのものは、なかなかできるものじゃない」

岩ノ助が目を柔和に垂れさせ、母親にほめられた子供のように笑う。

「いやあ、なにしろ前金で五百両ももらっちまったから、張り切らないわけがないよ」

「でも、本当に期待を裏切らない出来だ。これなら後金を払うのにためらいはない」

捨蔵は、ずっしりと重みのある風呂敷包みを手渡した。

岩ノ助の笑みが大きくなった。

「なかを確かめてもいいかな」

「もちろんさ。そうするのが当然だ」

岩ノ助が風呂敷包みを地面に置き、いそいそと結び目をほどいた。木箱には紐《ひも》がかけてあり、それもとく。

木箱のなかには二十五両入りの包み金が、高級な菓子のようにびっしりと並んでいる。

岩ノ助が包み金をていねいに一つずつ数えてゆく。二度数えてから木箱に蓋《ふた》をし、紐を改めてかけた。風呂敷で包み直し、よっこらしょと立ちあがった。

「確かに五百両、いただいた」

岩ノ助が自分のところの若い者を手招き、風呂敷包みを持たせた。捨蔵に向き直り、笑みを絶やさずにいう。

「またこういう仕事があるんだったら、いつでもいってほしいな」

次はないのさ。

「えっ」

「いや、なんでもない。岩ノ助さん、このことは決して口外しないでくれよ」

「わかってるって」

捨蔵は岩ノ助の顔をじっと見た。

「そんな怖い顔はよしてくれよ」

岩ノ助が手を振る。

「誰にも話しやしないって。千両ももらって誰が話をするんだよ。大丈夫さ、信じてもらっていい」

「わかっているさ。こっちも一応は念のためにいっておかないとまずいのさ」

岩ノ助が顔を寄せてきた。

「でも捨蔵さんよ、どうしてこんなのをつくらせたんだい。どうやら捨蔵さんの一存じゃないようだけれど……」

岩ノ助が気づいたように口をつぐむ。

「悪かったね、捨蔵さん。どうもいけないなあ。なんでも興味を持ちすぎる癖があってね」

「これまでのことはすべて忘れてくれ。それから、俺と岩ノ助さんはもう二度と会うことはない。もし仮にどこかで会ったとしても、知り合いではない」

「なんだよ、やっぱり次はないのか」

少し残念そうにいったものの、岩ノ助の顔から笑みが消えることはなかった。むしろほっとしたものがあるようにも見えた。

岩ノ助はほくほく顔のまま、配下の男たちをまとめるや目の前から去った。

捨蔵は岩ノ助たちを見送った。まわりがほとんど田畑のせいで、岩ノ助たちの姿はなかなか視野から消えていかなかったが、道が曲がったところで見えなくなった。

捨蔵は、できあがったばかりの家に目を当てた。

しかしすごいものだ。舌を巻くしかない。岩ノ助たちは、三日でこれだけのものを本当に建ててしまった。

すばらしい腕としかいいようがない。これだけの腕を持つ大工を見つけられたことに、捨蔵は満足した。

いい、これならいい。きっと嘉三郎も満足するだろう。


捨蔵に連れられて、嘉三郎はやってきた。

「いいな」

つぶやきが口から漏れた。

いいぞ。これなら大丈夫だ。

ここが御牧父子の墓場になる。あたりに人家はまったくない。遠くに百姓家が何軒かあるだけだ。

誰にも邪魔はさせない。

嘉三郎は捨蔵とともに隠れ家に戻った。

「嘉三郎の兄貴、腹が減ってませんか」

刻限は昼の八つ近くといったところか。昼餉どころか、朝餉も食べていない。ただし、朝餉を食べる習慣はほとんどない。

「ああ、減ったな」

「なにかつくりますよ」

「頼む」

台所に向かった捨蔵を見送り、嘉三郎は襖をあけて奥の間に入った。

手足に縛めをされ、猿ぐつわもされて畳に転がっている仙太は顔をあげ、相変わらずにらみつけてくる。お勢は仙太のそばで眠っている。まるで母親の腕に抱かれているような安らかな眠りっぷりだ。

嘉三郎は仙太を見た。

「おめえも、いつまでも元気がいいな。なにも食ってねえのに、どうしてそんなにいい目ができるんだ」

仙太の目の光はさらに鋭いものになっている。腹が減ると、神経が研ぎすまされるのは本当かもしれない。

仙太はなにもいわない。

「お勢は泣かなかったか」

これにも答えない。

「なにもしゃべりたくないか。別に泣かなかったようだな。これだけよく眠っているのを見れば一目瞭然だ。なにしろ出かける前に、砂糖の湯をたっぷりと与えたからな」

しかしぐずりもしないこの眠りを見ると、こういうときは、赤子でも女のほうが図太いのかもしれない。

嘉三郎は、どうやら文之介をはじめとした数名の町方が、鉄太郎の住みかだった場所の近所をしらみつぶしに調べていることに気づいたが、なにもつかめまい、と安心している。

鉄太郎のことが知れるのは、すでに織りこみずみだ。

「おい、仙太」

嘉三郎は気安く呼びかけた。仙太がきっとして見返してくる。こういうところも、嘉三郎は気に入っている。自分も小さな頃はこうだった。

「おめえ、御牧文之介のことが好きか」

仙太はこれに対しても口をひらかない。

「好きなんだろ。行徳河岸近くの原っぱでよく遊んでいるが、本当に楽しそうだものな」

嘉三郎は仙太に顔を寄せた。

「だがやつは終わりだ。俺があの世に送ってやる」

「おまえなんかに文之介の兄ちゃんが殺《や》られるわけがないだろう」

嘉三郎はにやっと笑った。

「やっとしゃべったか」

「おまえなんかがどんな手を考えたって、文之介の兄ちゃんが勝つに決まっているんだ」

「さて、そいつはどうかな」

「おまえなんか、文之介の兄ちゃんにふん縛られて、獄門が決まってるんだ。首がさらされたら、必ず見に行くからな」

「やつの名が出たら、ますます元気になりやがったな。やつに俺をつかまえることなど決してできねえ。俺はやつを必ず殺す」

嘉三郎は決意をあらわにいった。今、自分がどういう顔になっているかわかっている。

仙太はにらんでいるが、心にひるみが走ったのがはっきりとわかった。

襖があいた。嘉三郎はそちらを見た。

敷居際に立っている捨蔵が、どきりとした顔になる。

「ちょっと嘉三郎の兄貴、どうしてそんな怖い顔、しているんですかい」

嘉三郎は表情を柔和なものに戻した。

「ちょっとな」

捨蔵がほっとした顔になり、入ってきた。盆に土鍋を二つのせている。

「なにをつくったんだ」

「この前つくったうどんですよ。味噌で煮こんだやつです」

「そりゃいいな。あれはうまかった」

「ありがとうございます。そういってもらえると、つくった甲斐があるというものですよ」

どうぞ、と土鍋が目の前に置かれる。

嘉三郎は土鍋の蓋を取った。ふんわりと湯気が揺れ、味噌の香りが鼻先をかすめていった。思わず唾《つば》が出る。

箸を取り、うどんをすする。

嘉三郎を見つめていた仙太が、寝返りを打って向こう側を向いた。

「仙太、食いてえんだろ。無理すんな。食わせてやるからこっちを向けや」

しかし仙太は強情だ。嘉三郎の声がきこえなかったかのようにじっと向こうを向いたままだ。

「そこまで意地を張り通せれば、たいしたものだ。本当に押しこみを教えこみたくなってきたぜ」

「えっ、嘉三郎の兄貴、この餓鬼を手下にしようっていうんですかい」

「悪くねえ考えだろう。鉄太郎の頭が俺たちにしてくれたことを、こいつにもしてやろうっていうことだ」

「でもこの餓鬼、御牧文之介を慕っているんですよね」

「やつを殺しちまえば、ころりと心変わりするさ」

嘉三郎はそれからうどんを食べるのに専念した。だが腹では文之介と仙太のことを考えていた。

どっちにしろ、こいつらは同じ場所で死ぬことになる。

嘉三郎は土鍋から顔をあげた。

待ってろ、御牧文之介。丈右衛門ともども必ず殺してやるからな。

第四章　富士の煙

一

眠りが浅くなった。

文之介は目をあけ、背中を預けていた壁から静かに体を離した。一瞬、どこにいるのかわからなかった。

そうだ、ここは深川島田町の自身番だ。

誰か来たのではないか。眠りが浅くなったのは、木の葉が濡縁を這《は》うような音がしたからだ。

今、何刻《なんどき》だろう。この自身番の畳敷きの間に光はほとんど射しこんでいない。わずかに漏れ忍んでくる明かりは自身番の提灯か、近くの常夜灯《じょうやとう》のものだろう。

文之介は耳を澄ませた。人の気配などどこにも感じない。しかし、目が覚めたのは紛れもない事実だ。

文之介は立ちあがり、手元に置いておいた刃引きの長脇差を腰に帯びた。

その気配に、一緒にいた町役人が目を覚ます。どうかしましたか、という眼差しを向けてきた。

「小便だ」

文之介は扉をあけて、外に出た。嘉三郎から文がもたらされたのではないか、という予感がある。

自身番のまわりをぐるりとまわってみた。だが文らしいものはどこにもない。

勘ちがいだったか。風に乗った木の葉が自身番の壁をすっていったにすぎないのか。

おかしいな。文之介は首をひねりつつ、扉に戻った。

ふと上を見た。庇《ひさし》が覆いかぶさるように見えている。

おや。文之介は、板の隙間に白いものが差しこまれているのを見た。腕をのばし、手にした。文だ。

やっぱりきやがったか。

あたりには岡っ引や下っ引などが目を光らせているはずだが、なにもいってこない。

いくらなんでも眠ってしまっていたとは思えないから、よほどうまいことしてのけたのだろう。嘉三郎自身がやってきたのかもしれない。

だとしたら、とらえる絶好の機会を逃したことになるのか。

いや、いい。文之介は思い直した。下手にここでとらえて、仙太やお勢の命が危険にさらされるよりはいい。嘉三郎のほかに、少なくとも男が一人いることがはっきりしているのだ。

文之介は文を見つめた。ようやくきたか。むしろ安堵の気持ちすらある。

文には宛名がなかった。これは俺があけてもいいということなのか。

今までは丈右衛門宛になっていたから、きっとそういうことなのだろう。

文之介は封を切った。自身番の提灯の下に行く。

『仙太、お勢の二人を返してほしければ、もう千両持ってくるように』

そんな意味のことが書かれていた。文之介は眉をひそめた。その運び役には、文之介と丈右衛門が指名されている。

文はさらに続いていた。

『もし二人以外に番所の者がついてきたら、取引はそこで終わりということになる。二人の子供がどうなってもよければ、そうすればよい』

文には、どこへ千両を運ぶのか記されていない。

これはこの前の文と一緒で、書くことで事前に張りこまれるのを恐れているのだ。相変わらず周到な男だ。

刻限は今日の夕刻七つ半を指示している。暮れ六つまで半刻。じき暗くなりはじめる頃合《ころあい》だ。

文之介は自身番の町役人に文がきたこと、そして、これから丈右衛門のもとに行く旨を伝えた。町役人は、御番所に使いを走らせます、といってくれた。これで、すぐに又兵衛がやってくるだろう。

お知佳の長屋の木戸をくぐる。ようやく東の空が白みかけ、夜明けが間近に迫っていることを感じさせる。ただ、まだ夜は支配を手放そうとはしておらず、太陽が姿を見せるまでにはあと四半刻は待たなければならないだろう。

薄闇《うすやみ》が深い霧のように立ちこめている路地を提灯を手に進んだ文之介は、お知佳の店《たな》の前に立った。

まわりをはばかり、静かに障子戸を叩く。間を置かずに応えがあり、土間に人の気配が立った。

「文之介か」

はい、と答えると障子戸が音もなく横に滑った。

「文がきたか」

「はい」

文之介は手渡した。丈右衛門がその場でひらく。文之介は提灯を近づけた。

丈右衛門が眉根を寄せる。

「相変わらずどこに持ってゆくか、書かれておらんな」

「ええ」

丈右衛門が腕を組む。

「千両はまた藤蔵に頼むしかないな」

「それがしが行ってまいります」

「頼めるか」

「もちろんです」

では、といって文之介はその足で三増屋に向かった。

三増屋のそばにやってきたときには、東の空はようやく明るくなり、鳥たちもかしましく飛びはじめていた。つがいなのか、二羽の雀《すずめ》が口やかましく喧嘩でもしているような調子で文之介の頭上を飛び去っていった。

あたりが明るくなり、日が低く射しこんでくると同時に風が吹きはじめ、町々の戸や扉を揺らしだした。土埃も渦を巻くように舞って文之介の目を打つ。

強い風のなか、青物の入った籠《かご》を背負う行商人、魚屋、納豆売り、しじみ売りなどが声をあげて行きかっている。江戸の町は目覚めはじめていた。

三増屋はすでにあいていた。暖簾が激しくはためいている。三増屋には、千両が仙太ともども奪われた日にも来ている。どういう顛末になったか、藤蔵には伝えた。藤蔵は、気になさらないでください、と鷹揚にいってくれた。さすがに大店の余裕といっていいのかもしれないが、千両をなすすべもなく嘉三郎たちに渡してしまったことに、文之介は申しわけなく思ったものだ。

文之介は、ごめんよ、といってなかに入りこんだ。

手代の一人が寄ってきた。藤蔵に会いたい旨を告げると、文之介はすぐに客間に通された。

待つまでもなく藤蔵が姿をあらわした。

「おはようございます」

文之介の前に、きっちりと裾を折りたたんで正座する。

「おはよう」

文之介は返し、藤蔵を見つめた。

「用件は一つだ。もう一度、千両を融通してもらいたい」

文之介は両手をそろえ、頼みこんだ。

「文之介さま、お手をあげてください」

藤蔵があわてたようにいう。

「たかが千両ごときにそんなことをされずともけっこうでございます」

「たかがということはなかろう」

「いえ、手前どもと文之介さまたちとの仲を考えましたら、たかがでございます」

藤蔵はにこにこ笑っている。

「前にも申しましたが、手前どもは文之介さまたちには返しても返しきれない恩を、受けておりますから」

「だがそうはいっても、二千両は大きいぞ。いや、大きすぎる」

「いえ、文之介さまがそのようにお考えになる必要はまったくございませんよ」

藤蔵は、二千両など安いものだという姿勢をまったく崩さない。

「かたじけない」

文之介は心から礼をいった。

「いえ、そんな礼をおっしゃるようなことではございません」

「いや、しかし……」

文之介は感謝の気持ちで一杯だ。襖の向こう側の廊下に人が立ったのをさとった。

「おとっつあん、入ってもいいですか」

お春の声だ。

藤蔵が文之介を見る。文之介は、もちろんという意味でうなずき返した。

「入りなさい」

襖があき、お春が顔を見せた。静かに進んできて、藤蔵の隣に正座する。

文之介の目はお春に釘づけだ。

「お話はだいたいわかりました」

お春が口をひらく。

「お春、きいていたのか」

藤蔵が娘にたずねる。

「自然に耳に入ってきてしまったんです」

「困った娘だ」

「文之介さん」

「なんだい」

「おとっつあんのいう通りです。遠慮なくお金はつかってください」

「遠慮なくというわけにはいかないが、ありがたくつかわせてもらう」

「しかし文之介さま、のんびりとはしていられませんね」

立ちあがった藤蔵が番頭を呼び、千両を用意するように命じた。

「裏においでください」

藤蔵にいわれ、お春と一緒に文之介は店の裏手に向かった。

そこにはすでに荷車が置かれ、千両箱がのせられていた。筵がかけられ、店の若い者が綱でかたく結びつけている。

「では、まいりましょうか」

藤蔵がいい、若い者が梶棒を握って荷車を引きはじめた。うしろに別の若い者がつく。

「気をつけてね」

お春が文之介にいってくれた。できることなら一緒に行きたいと思っている顔だ。

文之介はお春を抱き締めたくなったが、そばに父親がいる。のばしかけた手を引っこめるしかなかった。

藤蔵は前回と同じく、文之介とともにお知佳の長屋までやってきてくれた。

長屋の路地に出てきた丈右衛門が、藤蔵に何度も礼をいった。藤蔵はひたすら恐縮していたが、邪魔はできないといわんばかりに若い者を連れてあっという間に去っていった。

大店の主人らしく、まったく鮮やかだ。感嘆するしかなかった文之介は丈右衛門とともに藤蔵を見送った。

文之介は深川島田町の自身番に戻った。そこには又兵衛がすでにつめている。

千両箱をのせた荷車と一緒にやってきたとき、顔をのぞかせた又兵衛に、文之介は会釈をしている。又兵衛は千両の都合がついたことを解しただろうが、どういうことになったか文之介は改めて話した。

「そうか、三増屋はまたこころよくだしてくれたか。ありがたいことだな」

「桑木さま」

文之介は声を殺してきいた。

「大金を貯めていらっしゃいますね」

又兵衛がむずかしい顔をする。

「それをだせというのか」

「いえ、そのつもりはありません。ただ、だしてもいいぞ、というお声をききたかったのは事実です」

「文之介、おぬし、やはりだせと申しているではないか」

「桑木さま、いったいなにをするために貯めていらっしゃるのですか」

「それはいえぬ」

「さようですか」

又兵衛はそれで会話が終わることに気が差したか、言葉をつけ足した。

「その件については、いずれ話す」

二刻後、ごめんくださいい、といって自身番に男の子がやってきた。仙太と同じくらいの年の頃だ。

文之介は、男の子が文を手にしていることを知った。

「御牧さんていう人はいる」

男の子が甲高い声できく。

すばやく土間におりて、文之介は男の子の前に立った。

「俺が御牧だ」

「ああ、お侍がそうなの。これを渡すように頼まれたんだけど」

文を手渡してきた。

「誰に頼まれた」

「男の人だけれど、名はきかなかった」

「駄賃は二十文か」

「えっ」

男の子はどうして知っているの、という顔をした。

頼んできたのは、またも小柄な男だった。一応は男の子の住みかをきいたが、今度の事件になんの関係もないことは一目瞭然で、文之介は又兵衛と話し合った末、男の子を解き放った。

男の子の姿が見えなくなるのを待つことなく、文之介は封をあけて読んだ。

場所の指示だった。前回と同じように、今すぐ向島に向かうように、と書いてあった。場所に関してはそれだけで、ほかにはなにも記されていない。文には、荷車で運ぶことは許さない、とも書いてあった。

ということは、と文之介は思った。自力で運ぶしかないということだ。

丈右衛門に、ここまで来てもらうように使いをだした。丈右衛門を待つあいだに、文之介は風呂敷を二重にして千両箱を包み、又兵衛の手を借りて背中にくくりつけた。ずっしりと重いが、これなら運べないほどではない。

すぐに丈右衛門がやってきた。お知佳のもとには、又兵衛が多くの者を警護につけてくれた。これでなんの憂《うれ》いもない。

「行きましょう」

文之介は丈右衛門にいった。

「文之介、ちょっと待て」

丈右衛門が又兵衛に向き直る。

「桑木さま、文之介と本当に二人きりにしてほしい」

強い口調で告げた。

「もし番所の者がついてきていることが知れたら、仙太たちの命はないかもしれん」

「だが、そうはいってもな」

又兵衛はうんといわない。

「つけたほうがまちがいなかろう。身なりを変えさせればよいではないか」

丈右衛門がかぶりを振る。

「いや、そんなに甘い相手ではない。確実に見破られる。あまりに危険すぎるゆえ、やめてもらえぬか」

懇願の形を取っているが、丈右衛門の口調には有無をいわせぬ力があった。

「よかろう」

又兵衛が折れた。

「わかった、なにもせぬ」

そうはいったものの、いかにも苦渋の決断という感じで、不安そうな顔を隠せずにいる。

二

まっすぐ歩けない。

まるで酔っているようだが、そんなことはない。酒を飲めるだけの金は持っていない。

勇七は空腹なだけだった。あまりに腹が空きすぎて、よたよたしている。歩みをとめると、そのままへたりこんでしまい、二度と歩けなくなるのではないか、という恐れがあった。

このままだと飢え死だな。

太陽はすでに西に傾いている。刻限としてはどのくらいなのか。七つはすぎているだろうか。

はやく食べ物を入れてくれ、と腹の虫が鳴った。強欲な金貸しのように何度も催促してくる。

入れてやりたいのはやまやまだが、と勇七は腹を押さえて思った。なにしろ先立つものがない。

向こうからどやどやと子供たちがやってきたのが見えた。それが見覚えのある子供たちだった。三月庵の手習子たちだ。

「あれ、勇七の兄ちゃんじゃないの」

気づいて声をかけてきたのは進吉だった。ほかに松造、保太郎、寛助、太吉、次郎造というくいつもの顔ぶれだ。

汚いなりをしているのが、勇七は恥ずかしかった。逃げだしたい気分だ。

いつもこぎれいな格好をしている勇七のあまりの変わりように、子供たちも目をみはっている。ひげもずいぶんのびていて、一瞬、勇七であると信じられなかったようだ。

こんなところで会うとは、と勇七は思い、自分が今、八丁堀近くの富島町《とみじまちょう》一丁目にいることに気づいた。いつのまにかふらふらとこんなところまで来ていたのだ。

「ねえ、どうしたの、勇七の兄ちゃん」

進吉がきいてきた。

「なにかあったの」

「うん、ちょっとね……」

勇七は言葉を濁《にご》すしかない。子供たちの顔を見まわして、ふと気づいた。

「仙太ちゃんはどうしたんだい」

一人だけ姿が見えない。

松造が説明する。

「ふーん、そうか。風邪を引いて、手習所をずっと休んでいるのか。それは心配だね。これから見舞いに行くのかい」

「そうだよ」

仙太の家は確か銀町四丁目のはずだ。

「うつるから見舞いに行っちゃあいけないってお師匠さんにはいわれてるんだけど、ここまでずっと休まれると、本当に重いんじゃないかって思えるんだよ」

保太郎が心配の色を面に強くあらわしていう。

「だからね、ここは行くしかないよってみんなで決めたんだ」

俺たちと同じだな、とその話をきいて勇七は胸が熱くなった。こういうのはときが移っても、ずっと変わらずに続いていくものなのだろう。

「そうか、だったら俺も行こうかな。でもこの汚いなりをなんとかしないと、家に入れてもらえないか」

走ってくるような軽い足音がきこえ、勇七はそちらに目を向けた。

「あっ、お師匠さん」

進吉がいちはやく気づき、声をあげた。

弥生が走り寄ってきた。子供たちを見つけてほっとした顔だが、息が荒く、言葉が出てこない。

「勇七さん」

ようやく息が落ち着き、いったのはこれだった。勇七を見て、大きく目を見ひらいている。勇七はまたもその場を逃げだしたいような気持ちに駆られた。

「今、ここでみんなとばったり会ったんだ」

勇七は弥生にいった。

「これから、俺も一緒に仙太ちゃんの見舞いに行こうと思っている」

いけません、といって弥生が首を振る。

「駄目です。うつってしまいますから」

「いや、俺は大丈夫だよ」

「でも、子供たちが……」

弥生が子供たちを見る。

「お願いだから、仙太ちゃんの家に行くのはやめて」

「でも行きたい」

「そうだよ、仙太が苦しんでいるとき、力づけられるのはおいらたちだけだよ」

子供たちも引こうとしない。

「それでも駄目なものは駄目なの」

「えー、でも……」

「私がこんなにいっても行くっていうなら、もう明日から来なくっていいから」

これには子供たちもびっくりしたようだ。勇七も、見舞いのことでまさかここまでいうとは思わなかったから、心の底から驚いた。自分の知っている弥生でないみたいだ。

弥生は必死の形相《ぎょうそう》を崩さない。子供たちの体を案ずる気持ちはわかるが、果たしてここまで必死になるものなのか。さすがに勇七は妙なものを覚えた。

なにか別の理由があって、弥生はここまで必死になっているのではないか。

それはいったいなんだろう。

なにかある。確信した勇七は子供たちを見渡し、それから一人一人の顔を見つめた。

「みんな、ここはお師匠さんのいう通りにしたほうがいい。もしみんなが重い風邪にかかってしまったら、仙太ちゃんはきっと自分を責めることになると思う」

えーという顔をし、実際に声をだしたが、子供たちは勇七の説得にしたがい、道を戻っていった。

「ありがとうございました」

弥生が深々と頭を下げる。安堵の表情が一杯にあらわれている。

「お師匠さん、なにがあったんだい」

勇七は真摯にたずねた。

「ああ、勇七さんならお話ししても大丈夫ですね」

それでも弥生は人目をはばかるように、そばの路地へと勇七を引きこむようにした。話しだそうとして、弥生がいったん息をのむ。目は赤く、今にも泣きだしそうな雰囲気があった。

心を落ち着けるように胸を押さえてから、弥生は事情を語った。

きき終えて、勇七は跳びあがりそうになった。そんなことが起きていたのに、俺はいったいなにをしていたんだろう。勇七は拳で自らの頭を何度も殴りつけた。

こうしてはいられなかった。背中をどやしつけられたように勇七は走りだした。

「勇七さん、どこに行くんです」

勇七は振り向いた。

「決まっている。お知佳さんのところだ」

風を切って駆けた。すでに空腹は忘れている。


深川島田町のお知佳の長屋には、又兵衛がいた。

「おまえ、本当に勇七なのか」

信じられない顔をしている。

今はそんなことにかまっていられない。又兵衛の前に正座し、勇七は又兵衛に問うた。

「なにが起きたかだいたいの事情はききましたが、すべて本当のことなんですね」

「ああ」

「旦那とご隠居は今、どこにいるんですか」

「二人は向島に向かった」

「向島のどこです」

「それはわからん。文にはそこまで記されていなかった」

「ということは、途中で指示があるということでしょうね」

「その通りだろう」

「旦那たちがここを出たのは、いつです」

「四半刻ほど前だ」

勇七は立ちあがった。

「勇七、行くつもりか」

「はい」

勇七は店を出ようとした。

「勇七、行くな」

又兵衛がとめる。勇七が見返すと、又兵衛が丈右衛門の言葉を語った。

丈右衛門の言葉は確かに重い。だが、勇七にはここにいてはいけない、という強い思いがある。胸にいやな予感が兆しているのだ。とんでもなくまずいことが起きるような気がしてならない。

ただし、又兵衛に行くなといわれて、その命にしたがわないわけにはいかない。勇七は自らの思いを又兵衛に告げた。

又兵衛が深くうなずく。

「そうか、勇七もそういう気持ちか。実をいえば、わしもよ」

勇七は黙って次の言葉を待った。

「勇七、行け。行ってこい」

心のなかで決断をくだしたらしい又兵衛が静かにいった。

「わしなどはどんな格好をしても奉行所の者にしか見えぬだろうが、今のおまえならそう見る者はおらぬ」

勇七はのびたひげをさすった。確かに、こんな汚いなりをした奉行所の中間など一人もいないだろう。

「行け」

又兵衛に背を押されるようにいわれ、勇七は長屋を出た。

走りだすと、うしろから息づかいがきこえた。

「お師匠さん」

勇七は驚いて足をとめた。

弥生が勇七にぶつかりそうになった。勇七はあわてて受けとめた。弥生は意外に持ち重りのするやわらかな体をしている。そのことに気づいて勇七は狼狽《ろうばい》し、あわてて弥生を離した。

「お師匠さん、駄目だ」

「連れていってください」

弥生が瞳をきらきらさせていう。

「駄目だ。危なすぎる。帰ってくれ」

「いやです」

弥生が勢いよくかぶりを振る。

「いやって、それはお師匠さんが決めることじゃない」

こうしているのも、ときを無駄にしているようにしか思えない。

「だって文之介さんから、勇七さんを支えてやってくれといわれていますから」

「えっ」

「本当です」

弥生は涙を浮かべている。力になりたいという思いが、目からあふれてきたように見えた。

その姿に、勇七はこれまで感じたことのないけなげさを覚えた。

この人は、と弥生をまじまじと見つめて思った。これほどまでにきれいだったのだろうか。

三

石にけつまずき、文之介はよろけた。

「大丈夫か」

うしろから丈右衛門が案じる声をだす。

文之介は、千両箱入りの風呂敷を背負い直した。かすかに小判の触れ合う音がした。

「ええ、大丈夫です。若いですから」

「若い割に、あまり力がないな。わしの若い頃はもっと力強かったぞ」

「父上、若い頃のことをいうのは、歳を取った証ですよ」

「証もなにも、わしはもう五十五だ。とうに歳を取っておる」

軽口をいい合いながらも、文之介と丈右衛門はうしろに奉行所の者がついていないか、何度も確かめている。もしそういう者を見かけたら、文之介は即座に追い返すつもりでいた。丈右衛門も同じ気持ちだろう。

「父上、向島に向かえとのことですけど、どこに行くんでしょうかね」

「わからんな。いずれ新たな文がもたらされるんだろう」

また子供がつかわれるのかもしれない。

「父上、おききしたいことがあるのですが、よろしいですか」

「文之介、こんなときにそんなことをきくつもりか」

「そんなことって、父上、それがしがなにをききたいのか、おわかりになるのですか」

「当然だ。お知佳さんのことだろう」

「さすがですね。一緒になられるのですか」

「そのつもりだ」

丈右衛門は即座に答えた。

そうか、申しこんだのか、と文之介は思った。必ずお勢、仙太を無事に取り戻さなければならない。でなければ、永久に二人は一緒になれない。

「祝言《しゅうげん》はいつです」

「まだそこまでは決めておらぬ。できるだけはやくしたいと思っている」

文之介たちは仙台堀《せんだいぼり》沿いを西に向かって歩いた。町々の自身番に声をかけてゆくような真似はしないが、文之介たちを認めた人たちが自身番から出てきて挨拶する。

文之介はいつもの黒羽織を着ている。嘉三郎が名指ししてきたなら、別に変わった格好をする必要はない。丈右衛門は浪人のような着流し姿だ。脇差を腰に差しているだけで、刀は帯びていない。

やがて道は大川にぶつかった。たくさんの舟が夕暮れを前に行きかっている。どうしてこんなに多くの舟がいてぶつからないのかと思うが、それだけ江戸の船頭たちは腕が確かなのだ。もちろん事故がないわけではないが、滅多に起きることはない。舟は荷船が多く、米俵《こめだわら》を満載している舟が特に目につく。

文之介は川を渡ってくるやや肌寒さを感じさせる風を浴びつつ、大川沿いを北上しはじめた。

小名木川に架かる万年橋《まんねんばし》を渡ろうとして、一人の男の子に呼びとめられた。

「御牧さまですか」

子供にきかれ、文之介と丈右衛門は同時にそうだ、といった。

「これを渡すように頼まれたんだけど」

文を差しだしてきた。

文之介は受け取った。

「小柄な男に二十文で頼まれたんだね」

「そう」

よくわかるな、という顔を男の子はした。

「ありがとう」

文之介がいうと、男の子ははにかんだような笑みを見せ、走り去っていった。男の子に又兵衛にどこに行くか伝言を頼もうかと思ったが、奉行所の者を引き寄せるのはやはり危うさのほうが先に立った。

文之介は文をさっそくひらいた。

「小名木川沿いを東に進め、と書いてあります」

文之介は丈右衛門に文を渡した。丈右衛門がすばやく一読する。

「これだけか。またどこかで文がやってくるというわけだな」

文之介は、穏やかな流れを見せている川に目を向けた。大川ほどではないにしろ、小名木川にもたくさんの荷船が行きかっている。四町ばかり先に架かっている高橋《たかばし》までは町地だが、その先の新高橋までのあいだは武家屋敷が多い。

「行きますか」

文之介は丈右衛門にいった。

「うむ、行こう。操られているようで気分が悪いが、したがわぬわけにはいかん」

文之介は歩きだした。うしろを警護するように丈右衛門がついてくる。

小名木川の南側の岸を歩いて、新高橋まで来た。ここは大横川と小名木川が交差しているところだ。

文之介たちは、大横川に架かる扇橋《おおぎばし》を渡ろうとした。だが、その前にまた男の子が駆け寄ってきた。さっきとはちがう子だ。

先ほどと同じやりとりがかわされ、文之介は文を受け取った。

「新高橋を渡り、小名木川沿いを東に進めということです」

丈右衛門は文を読まなかった。

「それなら、そうしよう」

新高橋を渡った文之介たちは、小名木川の北側の道を歩き進んだ。

「こっち側に仙太たちはいるということでしょうか」

「うむ、そういうことになるのだろうな」

丈右衛門は言葉少なだ。少し険《けわ》しさを感じさせる顔をしている。なにかいやな予感でも抱いているのだろうか。

文之介がそう思うのは、自分自身、胸を圧してくる不吉さを覚えているからだ。なにかよくないことが起きるのではないか、と思えてならない。

その思いを押し殺し、歩を進めた。

あたりは再び町地になり、にぎやかになった。ここは深川猿江町《さるえちょう》だ。

猿江町をすぎると、道は深川上大島町に入った。この町は東西にかなり長い。七町近くはある。

「これは旦那」

町役人が文之介を見つけ、自身番を出て挨拶してきた。

「お疲れさまにございます。――おや、ご隠居も今日はご一緒ですか。お仲のよろしいことですね」

「うん、そうだな」

文之介は言葉を濁すように答えた。

「背中の風呂敷は、なにかおつかいものですかい」

「おつかいものか。その通りだ」

深川上大島町をすぎ、下大島町に入った。ここでも自身番の者に声をかけられた。

じき下大島町が途切れるところまで来た。その先は田畑ばかりで、百姓家が行徳道《みち》と呼ばれる道沿いに何軒か連なっているだけだ。

「このまま進み続けるんでしょうか」

「そのようだな」

下大島町をすぎて半町ばかり行ったとき、道脇の地蔵堂らしい小さな建物の陰に、一人の男の子が立っているのが見えた。人待ち顔だ。

近づいてゆくうちに、男の子が文を手にしているのがわかった。

「御牧文之介だ。その文は小柄な男に、渡すよう頼まれたんだな」

文之介は、百姓のせがれと思える子に先に声をかけた。

おずおずとした感じで地蔵堂の陰から出てきた男の子が文を差しだす。ありがとう、と文之介は受け取った。男の子が北に向かって駆けてゆく。田畑のあいだをまっすぐにせまい道がのびている。

男の子から目をはずした文之介は文をひらき、目を落とした。

「どうやら、この道を行けということのようです」

文之介は丈右衛門にいった。今、男の子が駆けていったばかりの道だ。

「それから竪川まで一気に行き、竪川沿いに西に向かう。六ツ目の渡場から対岸に渡り、亀戸の富士浅間社近くまで行け、と記されています」

文之介は北に向かう小道を見つめた。

「こんな道を行かせるということは、それがしたちについてきている者がいないか、確かめようとしているんですね」

「そういうことだな。こんな人けのない道、ぞろぞろとついてきたら、すぐに何者かわかってしまう」

丈右衛門が顔をあげ、うしろを見た。

「もともと誰もついてきていないんだ、文之介、堂々と行こう」

ええ、と答えて文之介は歩きだした。

文の指示通り進み、文之介と丈右衛門は富士浅間社近くに着いた。ここは亀戸富士があることで、名が知られている。だが、もう日暮れが間近に迫っていることもあって、人の姿はあたりにない。

二町ほど東を中川《なかがわ》が流れている。その向こうは朱引き外で、西小松川村《にしこまつがわむら》となる。文之介は足を運んだことがない。

「嘉三郎のやつ、ここでいったいどうしようというんでしょうか」

文之介は付近を見まわした。相変わらず人影はほとんどない。中川のほうに向かう者がちらほら見えるだけだ。あれは中川を渡る逆井《さかさい》ノ渡《わたし》に向かう者だろう。

「待て、文之介」

丈右衛門が耳を澄ませる仕草をする。

「きこえんか」

文之介は神経を集中した。

「赤子の泣き声ですね」

すぐ近くではないが、遠くもない。

「お勢の声だ。行こう」

そういったときには、すでに丈右衛門は走りだしていた。

走ったのは北へ一町ほどにすぎない。

「ここだな」

目の前に建つのは、油屋だ。だが、どうやらとうに潰れている。油のにおいがぷんぷんしていた。

こんなところに油屋があっただろうか。文之介は一瞬、思った。丈右衛門も不審そうな顔をしているが、お勢の声は紛れもなくこの潰れた油屋のなかからきこえている。

「行こう」

丈右衛門がためらいなくなかに入る。文之介は続いた。

そこは土間だ。大きな桶《おけ》が二つ、据えつけられている。

暗い。油のにおいがさらに強まった。丈右衛門がお勢の声に向かって小走りに駆ける。いきなり背後で音を立てて扉が閉まった。文之介はどきりとした。暗さが増し、なかは提灯がほしいくらいになった。

今はお勢の泣き声を目当てに奥へ進むしかない。ほとんど手探りも同然だ。

いきなり、なにかが弾けるような音がきこえてきた。焚《た》き火《び》をしているときにあんな音がするのに、文之介は気づいた。

火が燃えている。火をつけられたのだ。

潰れたとはいえ油屋だから、油はふんだんにあったのだろう。その名残が今もかなりあるのではないか。あっという間に火はこの建物を包むにちがいない。

「急ぎましょう」

思ったほど広い建物ではなかった。襖や障子などの建具はまったくない。

一番奥の間でお勢が泣いていた。畳などなく、板が敷いてあるにすぎない。

丈右衛門が駆け寄り、よしよし、と抱きあげた。途端にお勢が泣きやむ。荒海が一瞬にして凪《な》いだ、そんな鮮やかさがあった。

お勢は誰に抱かれたのか、わかったんだ。まだ歩くことのできない赤子なのに。文之介は人というものの不思議さを感じた。

「よかった」

なにごともなく生きているのを確かめ、丈右衛門が安堵の息を大きくつく。

部屋の隅にもう一つ小さな人影が横たわっているのに、文之介は気づいた。

「仙太っ」

ひざまずき、仙太の頬を叩いた。目は覚まさないが、胸が上下している。

気絶しているだけだ。よかった。仙太の無事を確認して気がゆるんだわけではないが、汗が大水のように一気に噴きだしてきた。

仙太には、両手両足に縛めがかたくされている。口には猿ぐつわ。

文之介は丈右衛門から脇差を借り、縛めの縄を切った。猿ぐつわも取る。

しかし、仙太は目を覚まさない。文之介は力強く仙太を肩に担ぎあげた。少しずつ熱さが迫ってきており、そのためにめまいのように少しよろけた。

「大丈夫か」

千両箱も背負っている文之介を案じて丈右衛門がきく。

文之介はにこやかに笑った。仙太を無事に取り戻し、余裕がある。

「大丈夫ですよ。もしここに千両箱を置き去りにしたら、今度こそ本当に藤蔵に殺されちまいます」

「道理だ」

丈右衛門がまわりを気にするそぶりをし、眉をひそめた。

文之介はさっきよりさらに熱さを感じている。まわりから、火がどんどんと迫ってきているようだ。

「これが狙いだったか」

丈右衛門がつぶやく。

そういうことだな、と文之介もさとった。もともと俺たちの命が狙いだったのだ。

火が間近に迫ってきている。建物がゆがむような耳障りな音をだしている。火勢は相当強そうだ。

仙太はぐったりして重いが、ここは起こさないほうがいいだろう。

「父上、どこに向かいますか」

火はこの建物を囲むようにいっせいに放たれたようで、どこからも木材の悲鳴のようなきしみがきこえてくる。それがだんだんと近づきつつあった。

「こっちだ」

お勢を胸に抱いて丈右衛門が右手に歩きはじめる。文之介はうしろに続いた。

いきなり仙太がじたばたしはじめた。

「離せっ」

「仙太、目が覚めたか」

「えっ」

驚きの声をだし、仙太が体をひねって顔をのぞきこんできた。

「あれっ、文之介の兄ちゃん」

仙太は、まだどういうことになったかわかっていない。

「助けてくれたんだ」

「そうさ」

「よかった」

いうや仙太は声をあげて泣きだした。これまでの恐怖がわかる、激しい泣き方だった。

「仙太、泣いている場合じゃないぞ」

文之介はあえて厳しいいい方をし、今自分たちがどういう状況であるか教えた。

「仙太、歩けるか」

「うん」

文之介は仙太をおろした。手を強く握る。

「仙太、どんなことがあってもこの手を放すなよ」

仙太が涙目で見あげてくる。手をかたく握り返してきた。

「うん、わかった」

四

文之介は仙太の手を引いて歩いた。油くさい煙が漂ってきて、鼻を打つ。仙太が激しく咳《せ》きこんだ。

「大丈夫か」

文之介は背中をさすった。丈右衛門はお勢を胸に強く抱き締めている。あまり抱き締めすぎると息がとまりかねないことは、よくわかっているようで、ときおりお勢の顔を見つめている。

いきなり横の壁が縦に裂け、竜でも飛びこんできたかのような勢いで火が噴きだしてきた。丈右衛門があわてて避ける。陽が射しこんできたかのようにあたりが、さあと明るくなった。柱を伝って炎が燃えはじめる。油がしみこませてあるかのように、一気に炎が天井に達した。

天井板をめくりあげるかのように、炎が大波となって動きはじめた。そこから強烈な熱が発される。

熱い。文之介は口にしていた。仙太が炎にひるんだ顔をしている。

「大丈夫だ、必ず助かる」

うん、と仙太は顎を引いたが、顔が引きつっている。

「こっちだ」

丈右衛門がきびすを返す。

しかしそちらにも火はまわっていた。炎は恐ろしいはやさでこの建物を燃やし尽くそうとしていた。柱や梁《はり》に炎がからみつき、梁は今にも落ちてきそうだ。あんなのをまともに受けたら、死ぬしかない。

丈右衛門がまた方向を変える。

この油屋は、と文之介は丈右衛門についていきながら思った。ここにやつらが建てたものだろう。嘉三郎は、油屋を再現してみせたのだ。

嘉三郎の狙いは、はなから俺たちの命を奪うことにあった。焼き殺すつもりだった。それは、鉄太郎が火刑に処されたからだろう。

それにしても、ここまで火のまわりをはやくするためには油をたっぷりと撒《ま》いておく必要があるはずだが、そのことで俺たちに警戒させたくなかったにちがいないのだ。

もっとも、どんなに油のにおいがしようとも、お勢の泣き声がしたら文之介たちは必ずこの建物に入っていた。

炎は四方からやってきた。舌をだし、手をのばし、腕を絡めてくる。

文之介たちはそれをなんとかかわして、前に進んだ。煙もひどく、視野がほとんどきかなくなっている。いきなり炎の波が寄せてきて足をさらうようにするから、油断は一瞬たりともできない。

炎がまだあまりきていない場所を見つけ、お勢を文之介に預けた丈右衛門が壁に体当たりを食らわせた。

しかし壁はびくともしない。何度も繰り返したが、同じだった。肩をさすった丈右衛門が脇差を引き抜き、壁に突き立てる。

だが、壁はとても厚いようで、脇差は深く入っていかない。

文之介の腕のなかで、お勢が泣きだした。耳のなかに錐《きり》でも差しこまれたかのような甲高い泣き声だ。

お勢の泣き声がきこえないかのように丈右衛門は脇差を何度も突き立てていたが、浅い傷がいくつかついたのを見て、さすがにあきらめた。脇差を鞘《さや》におさめ、静かに腕をのばしてきた。

文之介はお勢を返した。お勢はすぐに泣きやんだ。

「本当に出口がないな」

この罠のためにつくられた建物だけに、そういうことになっているのだ。嘉三郎たちが仙太とお勢を置き去りにした以上、どこか出口はあったはずだが、出たときに釘で厚い板でも打ちつけたのだろう。

丈右衛門の顔は汗びっしょりだ。着物も濡れてまとわりついている。それは文之介や仙太も同じだった。

とにかく、この建物は頑丈なつくりだ。

床を這うように火が迫ってきた。同時に天井にも炎の指が揺らめいている。炎は天井板の隙間に指を突っこみ、手で広げ、最後に腕で天井板をぶち抜いた。

炎が風にあおられでもしたかのように一気にふくらみ、下に向かって舞い降りてきた。まるで、床の炎と一つになろうとしているようだ。

「文之介の兄ちゃん」

仙太が抱きつく。文之介は抱き返した。仙太の体は炎が取りついたように、とんでもなく熱くなっている。

「大丈夫だからな」

そういう文之介にも焦りが募ってきた。本当に出られないのではないか。ここで死んでしまうのではないか。

たわけたことを考えるな。文之介は自らを叱咤《しった》した。そんなことを考えたら、本当のことになっちまうじゃねえか。

だが熱さと煙で気が遠くなりそうだ。

「文之介、仙太、姿勢を低くしろ」

丈右衛門がかがみこむ。

「決して煙を吸うな」

丈右衛門の毅然とした声には、まったくあきらめていない姿勢がくっきりとあらわれている。こんなところで自分が死ぬはずがないと確信している顔だ。

その通りだ、と文之介も思った。俺たちはまだ生きなきゃいけないんだ。俺は叔父さんになったばかりだし、父もおじいちゃんだ。それになにより、仙太やお勢の命をこんなところで散らせるわけにはいかない。

だが、どうしても出られない。どこもかしこも頑丈にできている。壁に体当たりしたところで弾き飛ばされるのは、こちらのほうだった。

文之介は、意識が朦朧としてきた。仙太がよろけ、倒れそうになった。

「仙太っ」

文之介はあわてて支えた。顔を見ると、半びらきの目はうつろで、気を失いそうになっている。

文之介も倒れそうだったが、ここでもしそんなことになったら本当に死ぬだけだ。俺はこんなところで死ぬ気はない。嘉三郎の顔が浮かんできた。あんなやつに負けてたまるものか。

怒りをたたえることで、なんとか気持ちを立て直した。

だが、もうどこもかしこも火の海だ。火があおられ、そのたびに頭の毛を焦がす。着物にも火が移り、手ではたくが、なかなか消えてくれない。ふらふらしている仙太の着物も燃えそうで、気をつけていないとあっという間に火だるまになってしまいそうだ。

くそっ。駄目だ。どこにも抜けられるところがない。本当にこんなところで死ぬのか。冗談じゃないぞ。きっとどこか出られるところがある。

文之介は丈右衛門とともに必死に捜した。

しかし見つからない。今はもう、火が波となって足許《あしもと》にまで押し寄せている。天井からも文之介たちの隙を狙い、千手観音《せんじゅかんのん》のようにいくつもの腕をすばやくのばしてくる。

文之介はふと誰かの声をきいたような気がした。

旦那ぁ。

勇七の声みたいだ。

空耳だな。やけどしているのではないか、と思えるほどの熱を持つ頰を伝う汗を、文之介は手の甲でぬぐった。

こんなときでも勇七の声がきこえるだなんて、俺はよほどあいつのことを気にしているんだなあ。

「旦那っ」

もう一度きこえた。さっきよりはるかに明瞭だ。

「勇七だな」

丈右衛門が確信の表情でいった。

仙太がいきなり目をあけた。

「勇七の兄ちゃんだよ」

顔だけでなく、声にも元気が出ている。

「旦那っ、ご隠居っ、仙太ちゃんっ、お勢ちゃんっ」

勇七はさらに呼び続けてくれた。

「文之介、行くぞ」

丈右衛門にいわれ、文之介たちは牙《きば》をむきだしにして襲いかかってくる炎をかいくぐるようにして、進んだ。

不思議なことに、勇七の叫ぶほうにはかすかだが、まだ燃えていないところが通路のように残っていた。これまでは煙とあまりの熱さに、見えていなかったのだ。

勇七の声がどんどん近くなってきた。

「勇七っ」

「勇七の兄ちゃんっ」

文之介と仙太は同時に声をあげた。それに応えるかのようにいきなり板が割れる音がして、眼前の壁が真っ二つになった。

旦那っ。大声で叫びながら人影が飛びこんできた。

「勇七っ」

文之介は勢いのあまり通りすぎようとした勇七を抱きとめた。

「旦那っ」

「勇七っ」

二人は抱き合った。

「よく来てくれた」

「文之介、勇七、そんなのはあとだ」

丈右衛門が冷静にいう。

文之介たちは勇七が二つにした壁を通り抜けた。そこも炎が渦巻いていたが、それでも抜けられないほどではなかった。

勇七は、外に通ずるもう一つの壁も破っていた。文之介たちはもつれるようにしてそこを抜け、燃え盛る建物からの脱出に無事、成功した。

建物から十間ほど離れたところで文之介たちは地面に倒れこんだ。地面の冷たさが心地よい。どこかで半鐘《はんしょう》が鳴らされている。夜空に向かって、おびただしい煙と炎が立ちのぼっていた。星が焦げるのではないか、と思えるほどの勢いだ。

よく出られたなあ、と文之介は思った。これも勇七のおかげだ。

首をまわして丈右衛門を見る。丈右衛門はさすがに倒れこんではいない。だが疲れ切ったようで、地面にあぐらをかいている。胸にしっかりとお勢を抱いていた。お勢はどうやら大丈夫そうだ。泣いてはおらず、丈右衛門を見つめているようだ。

仙太は文之介のそばで横になっている。荒い息を吐いているが、徐々におさまってきているのがわかる。この分なら大丈夫だろう。

「仙太」

一応、声をかけてみた。

「生きているか」

「当たり前だよ。あんなところで、死んでたまるかってんだい」

「そうだよな。ああ、でもよかった……」

誰かが忍び足のように近づいてきたのに気づいた。文之介はこのまま横たわっていたかったが、気力を振りしぼって立ちあがった。背中がやたらに重いのは、いまだに千両箱入りの風呂敷包みを背負っているからだ。

「嘉三郎っ」

長脇差を引き抜くや、人影に向かって構えた。腰を落とす。

「文之介さん」

きこえたのは女の声だ。炎に照らされて立っているのは弥生だった。

「ああ、お師匠さんか。でも、どうしてここにいるんだい」

不意に、地面に倒れこんでいた勇七が上体を起こした。歯を食いしばっている。勇七の着物は文之介たち以上にぼろぼろだ。

「旦那、あっしがここに来られたのは、弥生さんのおかげですよ」

勇七は精根尽き果てたという感じで、いきなり背中から地面に倒れた。

「勇七さんっ」

弥生が声をあげ、着物が汚れるのもかまわず地面に膝をついた。勇七を抱き起こそうとする。

あれ、うまくいきそうだな。文之介は思った。いいことじゃねえか。

轟音《ごうおん》が響いた。

見ると、建物が崩れ落ちたところだった。もしあと少し勇七が来るのがおくれたら、と文之介はぞっとするしかなかった。

五

文之介は地面にかがみこみ、勇七の顔を見おろした。

「弥生ちゃん、こいつ、大丈夫か」

「重いやけどを負っていますけど、こんなところで死ぬ人ではありません」

弥生がきっぱりといった。

「旦那、弥生さん」

勇七がうっすらと目をあけた。煤《すす》で真っ黒な顔をしている。唇が火でやられたのか、ぷっくりと水ぶくれになっている。

「あっしは旦那たちを救うためなら、死んでもよかったんですよ」

きき取りにくかったが、文之介には勇七の言葉ははっきりと伝わった。

「勇七……」

文之介はそれ以上、言葉が出ない。勇七の言葉は真実だ。身を挺《てい》して文之介たちを救ってくれたのだ。

勇七が疲れ切ったように目を閉じた。安らかな死顔に見えた。

「勇七っ、起きろっ」

文之介はとっさに勇七の襟元をつかみ、思い切り揺さぶった。勇七の頭がぐらぐら揺れる。

「だ、旦那……く、苦しい」

勇七が息も絶え絶えにいう。

「あっ、生き返ったか」

「もともと死んじゃいませんて」

「なんだ、そうだったのかよ。驚かせやがって。――医者に運ばなきゃ駄目だな」

文之介は弥生にいった。

「どこか近くにいいお医者さん、いらっしゃいますか」

「わからねえ。でも、とにかく運ばなきゃいけねえ」

このままでは勇七は本当に死んでしまうかもしれない。

「文之介、どうせなら寿庵《じゅあん》先生のところに行こう」

丈右衛門が勧めてきた。

「そうですね」

文之介は賛同した。寿庵なら子供の頃からのつき合いで気心が知れているし、町医者ながら御典医《ごてんい》がつとまるのではないかと思えるほど腕は確かだ。勇七のやけどを、あっという間に治してくれるにちがいない。

「そうと決まったらはやく行きましょう」

文之介はすばやく立ちあがった。

仙太もやけどを負っているが、自力で歩くことはできる。

「千両箱をお願いできますか」

「かまわんよ」

「ご老体に負担をかけるのは、申しわけないのですが」

「誰がご老体だ」

「すみません」

丈右衛門に千両箱を担いでもらい、文之介は気絶している勇七を背中におぶった。おんぶというのは相手が背中にしがみついてくれるからけっこう軽くなるもので、こうしてなんの力も入っていない状態ではとんでもなく重くなる。死人を担いでいるも同然なのだ。

弥生が小田原提灯に火をつけ、先導をはじめた。

途中、駆けつけてくる近くの村人たちとすれちがった。どうしたのか誰もがきいてくるので、文之介は名乗り、身分を告げた。

「誰も死んでおらぬし、もう鎮火したから安心してくれ」

それでも、やってくる村人たちは焼け跡に向かってゆく。文之介は舟を用意できる者がいないかきいた。

「怪我人ですか」

村人がきく。

「でしたら、あっしがだしますよ」

百姓だが、中川で漁をすることもあって舟を持っているのだという。

「ありがたい、頼む」

「じゃあ、今、舟をまわしてきますから、あのあたりで待っていてください」

男が指さしたのは、まっすぐ道を南に行った方角だ。闇に沈んでいるが、そのあたりには竪川が流れているはずだ。

走り去った男を見送って文之介たちは歩きだし、竪川に出た。

待つまでもなく、提灯を灯した舟が櫓の音をさせて近づいてきた。

「お待たせしました」

意外に大きな舟で、文之介たちはすべて乗りこむことができた。文之介はそっと勇七を寝かせた。弥生が膝枕《ひざまくら》をする。それがわかっているわけではないだろうが、勇七は穏やかな表情に変わったように見えた。

「じゃあ、行きますよ」

男の合図で舟が岸を離れた。

男は櫓の扱いが巧みで、舟は満帆《まんぱん》の千石船《せんごくぶね》のように勢いよく進んでゆく。

「弥生ちゃん、どうしてあそこがわかったんだ」

文之介は静かな口調でただした。

「勇七は、弥生ちゃんのおかげだっていっていたけど」

「私はなにもしていません。勇七さんの力です。勇七さん、文之介さんたちのあとを追って、最初は向島に向かったんです。でも途中でどの町の自身番の人も文之介さんたちを見かけていないというものですから、向島には向かっていないと判断したんです」

それで勇七は道を戻り、今度は小名木川沿いを東へ向かった。

「そうしたら、次々に自身番の人たちが、文之介さんたちが通っていったといってくださって、あとを追うことができたんです」

「でも、あの亀戸の富士浅間社の近くまでよく来ることができたな」

「ああ、はい。深川下大島町で足取りがぷっつりと切れてしまい、勇七さんは途方に暮れました」

それでも決してあきらめず、行徳道を東に歩き、中川にぶつかった。そこには中川番所と呼ばれる水関所《みずせきしょ》があり、咎人の絡んでいることだから、こちらにはまず行くことはないだろうと勇七は読んで、中川を北に向かったそうだ。

「じき竪川に行き当たるというとき、北のほうから油が焼けるようなにおいがすることに私は気づきました。そのことを私は勇七さんにいいました。勇七さんにはわからなかったようで、ただ首をひねっていました」

「こいつは番所の中間のくせに、ろくに鼻がききゃしねえんだ」

弥生がいとおしそうに、勇七の焦げた髪をなでる。

「勇七さんは竪川を西に向かうか、六ツ目の渡を渡って中川沿いを北に行くか、迷いました。結局、私の油のにおいというのが気にかかったようで、渡し場をつかいました」

それで、火の手があがった建物を目の当たりにしたのだ。

「勇七さん、文之介さんの名を呼びながら、燃え盛る炎のなかに飛びこんでいったんですよ。私、勇七さんが死んじゃうんじゃないかって……」

弥生がうつむき、袖を目に当てる。

文之介は弥生の肩を軽く抱いた。

「そういうことだったのか。本当に二人ともよく来てくれたよ。ありがとう」

心から礼を述べた。


こいつはひどいな。寿庵は顔をしかめつつも、必死の手当をしてくれた。

半刻ほどで手当は終わった。

「もう大丈夫だ。命には別状ないよ」

寿庵が太鼓判を押してくれ、文之介はその場にへたりこみたくなるほどほっとした。

寿庵は、文之介たちの手当もしてくれた。丈右衛門もお勢もなんともない。仙太にもほとんどやけどがなかった。

「文之介の兄ちゃんがかばってくれたから」

どうやら火が押し寄せてくるたびに、文之介は仙太の盾になっていたようだ。自分では気づかなかった。

「よかった」

弥生が手を顔に押し当てて泣いている。ここまで必死に涙をこらえていたのが、ついに堰《せき》が切れたようだ。

けなげだなあ、と文之介は思った。この人は心の底から勇七が好きなのだ。似合いの二人のように思えてならない。

「しばらくは動かさんほうがよかろう」

寿庵が勇七を見ていった。

「あの、先生」

弥生が寿庵を見つめて申し出る。

「あの、私、ここに泊まりこんでもよろしいですか。勇七さんのお世話をしたいんです」

酒好きで赤ら顔の寿庵がにっこりと笑う。

「おまえさんがそうしたいのなら、わしはかまわんよ。こんなきれいな娘さんがそばにいてくれたら、わしも楽しい」

「寿庵さんよ、下手な気を起こすんじゃないぞ」

「ちょっと丈右衛門さん、妙なことをいわんでくれ」

寿庵がふくれる。

「冗談だ。でも、本当に勇七のことは頼む。わしらの命の恩人だからな」

「まかせておけ」

寿庵は本当に胸を拳で叩いた。

文之介たちは寿庵の診療所を出た。仙太が文之介の手を握っている。丈右衛門はお勢を胸に抱いたままだ。これ以上ない大切なものを抱いているという顔をしている。

途中で文之介と仙太は、丈右衛門とわかれた。千両箱を文之介に返して丈右衛門はお知佳の長屋に向かった。丈右衛門の持つ提灯の光があっという間に見えなくなってゆく。

「ずいぶんはやく歩いていやがんなあ」

「ご隠居さん、一刻もはやく好きな人に会いたいんでしょ」

「そうだろうが、今はお勢の無事な姿を見せたくてならないんだろうぜ」

文之介たちが向かったのは仙太の家だ。

「帰ったよ」

仙太が小走りに家に駆けこんでゆく。

「仙太っ」

「おまえ、よく——」

そのあとは言葉が続かない。

「おっとう、おっかあ」

三人は家のなかでかたく抱き合った。

三人とも大泣きしている。

よかった。本当によかった。文之介も、知らずもらい泣きしていた。

その後、飯を食っていけという仙太たちとわかれ、文之介は奉行所の中間長屋に行った。

勇七のことを話すと、勇三とお仙《せん》の夫婦は瞳を潤《うる》ませた。

「よかった」

勇三は安堵の息とともに、一言だけそういった。

ここでも夕餉を召しあがっていってください、といわれた。

「いや、一つどうしてもしとかなきゃならねえ用があるんでな」

文之介は礼をいって長屋の外に出た。

「ありがとうございました」

その声に見送られて、文之介は大門に向かって歩きだした。

千両箱を包んだ風呂敷を背負っている。これを三増屋に返さなければならない。

お春に無性に会いたい。そう思うと同時に腹の虫が鳴った。

文之介は歩を運びつつ、夜空にお春の顔を思い描いた。

お春のやつ、飯を食っていけといってくれるかなあ。

六

「文之介、わかっているか」

丈右衛門にきかれた。

「なんのことです」

文之介はなんとなくぼんやりとしている。今、朝餉を終えたばかりだが、丈右衛門と並んで濡縁に腰かけている。すでにいつでも出仕できるように身支度はととのえてあった。

朝日が庭に射しこんで、草花や木々を鮮やかに照らしている。涼しい風が吹き渡り、まさに秋冷の気があたりに満ちていた。

考えてみれば、こうして一緒に座るのもずいぶん久しぶりだ。子供の頃はよくしたものだが、大人になると照れのほうが先に立つ。

「文之介、まだ体調が戻らぬか。昨日の今日だから無理はないが、腑《ふ》抜《ぬ》けた顔をしているぞ」

昨日の今日か、と文之介は思った。そうなのだ、まだあの建物に閉じこめられ、焼き殺されそうになってから、それだけしかたっていない。夢のようにも思えるが、紛れもない事実だ。体中がまだ熱を持っている感じで、どことなくだるい。寿庵にいろいろなところに膏薬《こうやく》を塗ってもらったが、肌がひりひりするし、引きつっている感じもある。寿庵の手当を受けなかったら、今頃はもっとひどいものになっていたにちがいない。その前に、よくあの窮地を脱することができたものだ。勇七のおかげだが、こうして生きているのが奇跡としか思えない。

文之介は背筋をのばし、頰をなでた。少し痛く、顔をしかめた。

「それがしは、だいたいいつもこんな顔をしていますよ」

「そんなことはあるまい。前は気合の入らぬにやけ面《づら》だったが、最近はだいぶましになってきていた」

気合の入らぬにやけ面か。いったいどんな顔だったのだろう。なんとなく想像はつく。あの頃はなにしろ、おなごのけつばかり追いかけていたからなあ。

「ところで父上、わかっているかとはなんのことですか」

「ああ、それだ」

「当ててご覧に入れましょうか」

丈右衛門がうれしそうな笑みを見せる。

「ほう、申してみろ」

「仙太とともに奪われた、最初の千両のつかい道です。あれはあの油屋を再現するためにつかわれたと父上は考えていらっしゃるのではありませぬか」

丈右衛門が満足そうに顎を引く。

「その通りだ。文之介、嘉三郎は自ら大工仕事ができるたまか」

「いえ、それは無理だと思います。優男《やさおとこ》で、力仕事はまったく不向きといっていいと思います」

「となると、嘉三郎から仕事を請け負った大工がいることになるな。文之介、おまえはそいつを捜せ」

すぐに丈右衛門が苦笑した。

「すまぬ。現役のおまえにえらそうにいってしもうた」

文之介は微笑を返した。

「かまいません。とにかく嘉三郎をとらえられればいいのですから。それで、父上はどうするおつもりですか」

「わしか」

丈右衛門が顎に触れた。やはり少し痛そうな顔をする。

「大丈夫ですか」

「当たり前だ。おまえなどとは鍛え方がちがうわ」

これは文之介も認めざるを得ない。丈右衛門もかなりやけどを負っているが、体の動かし方など、文之介も瞠目《どうもく》せざるを得ないものがある。なにしろ今朝はやく、木刀を手に素振りを繰り返していたのだから。

文之介はその気合に起こされたようなものだ。丈右衛門の闘志満々の姿を見て、お勢をかどわかされた怒りがどれだけ深いか、思い知らされている。

「嘉三郎の探索の件だが」

丈右衛門が話を戻す。

「一つには、今回の事件のもととなった鉄太郎のことを徹底して調べるしかないのではないか、という気がしてならない。鉄太郎をはじめとする四人の仲間を火刑に追いこまれたから、嘉三郎はわしも狙った。文之介、この考えにまちがいはないな」

「はい、それがしも同じ意見です」

「そういうことだから、鉄太郎の周辺に嘉三郎はなんらかの足跡を残しているのではないか、という気がしてならんのだ。おまえも一所懸命調べてくれたが、わしが探索に当たることで、新たなものが見えてくるのではないか、という気がしてならん。——文之介、考えちがいしてほしくないのだが、わしはおまえの力量が足らぬと思っているわけではないぞ」

「わかっております。それがしも、鉄太郎の周辺に関しては別の人の目で見る必要があると思っていました。手がほしいとも申しあげました。父上に探索に当たっていただけるのであれば、これ以上のことはありませぬ」

「そういってもらえると、ありがたい」

「父上、一人で探索を受け持つおつもりですか」

「いや、そのあたりは桑木さまに頼んでみる気でいる」

「さようですか。それがしが申しあげておきましょうか」

「そうしてもらえれば助かるが、身代を運ぶ際、こちらも無理をいったから、会ってわしがじかに頼むことにする」

「承知いたしました」

文之介は長脇差を手に立ちあがった。いつの間にか、体からだるさは抜けていた。勢いよく谷をくだる川のように、やる気が全身に横溢《おういつ》している。

「文之介、勇七抜きだが、やれるか」

せっかく勇七が戻ってきてくれたのに一人で動くというのはとても寂しかったが、今は一人でやるしかない。

「むろんです。いつも勇七を頼りにしていましたけど、たまには勇七がいなくても、やれることを明かしてみせますよ」

「うむ、がんばってこい」

はい、といって文之介は沓脱《くつぬ》ぎの雪駄を履いた。

腰に長脇差をねじこむようにして、文之介が枝折り戸を出てゆく。

それを見送って丈右衛門も立ちあがった。

やけどによる体の火照《ほて》りはまだおさまりきっておらず、文之介の前ではどこも痛くないというように強がりを見せていたが、正直、もう五十五という歳だ。そんなことがあるはずがない。

それでもやる気は満々だ。どうしても嘉三郎をとらえたい。早朝、木刀を振りまわしたのもその気持ちのあらわれだった。

南町奉行所に行き、又兵衛と会った。人を貸してくれるように頼みこみ、吾市と砂吉の二人を借りることになった。

「桑木さまには、丈右衛門さんに力をお貸しするようにいわれました。それがし、力の限りがんばる次第でございます」

吾市がまるで新米同心のようにしゃちこばっていった。

「そんなに力むことはない。もちろん吾市を当てにしているが、仮になにもつかめなかったとしても、落胆することなどないからな」

「いえ、それがし、砂吉とともに必ず丈右衛門さんのお役に立てるようにします」

「うん、まあ、がんばってくれ」

丈右衛門は吾市、砂吉と一緒に鉄太郎の住みかがあった深川三好町に向かった。

鉄太郎の家は八年前とほとんど変わらない風情で建っていた。武家屋敷とはくらべものにならないが、町屋としては相変わらず大きな家だ。広々とした座敷をはじめ、五部屋があるのは覚えている。

「手わけしてききこもう」

丈右衛門は吾市と砂吉にいった。

「鉄太郎や嘉三郎のことならなんでもよい。昼に一度ここで落ち合って、お互いにつかんだことを報告し合おう」

「承知いたしました」

吾市は砂吉を連れて道を去ってゆく。頼むぞ、と丈右衛門は二人の背中に無言の声をかけた。

丈右衛門は吾市たちとは反対の方向に道を進んだ。行きかう行商人や散歩を楽しんでいる者、庭で洗濯物を干している女房、茶店で看板娘との会話を楽しんでいる遊び人らしい者、ひなたぼっこをしている年寄りなど、次々に話をきいていった。

だがなにもつかめない。日が高くなるにつれ、大気はいつの間にか湿気を宿し、暦が半月ほど戻ったような蒸し暑さとなっている。朝は涼しかったが、秋のはじめにこういうことは珍しくない。

さすがにこの暑さは昨日、炎に焼かれた身にはつらいものがある。裾が当たる腕や奥襟のあたりの肌がひりひりしてならないのだ。

目についた茶店に飛びこみ、縁台でしばらく休んだ。ついでに茶店の者に話をきくのを忘れない。

そうこうしているうちに日が陰り、空を見ると雲が広がってきていた。雨をたっぷりとはらんでいるような厚い黒雲で、じき降りだすかもしれなかった。あたりにじっとり漂う湿気は、頭上を覆いはじめている雲の先乗りだったのかもしれない。

暑いよりもいいが、雨も望みたくはない。はやいところ手がかりをつかまなければならない。茶を飲み干し、丈右衛門は看板娘に代を支払った。

「ありがとうございました」

元気のいい声に送られて、丈右衛門は再びききこみをはじめた。

昼近くになり、空の桶《おけ》を手に行商から戻ってきたらしい魚売りをつかまえた。まだ二十歳に達していない男から、耳寄りな話をきくことができた。

魚売りは、鉄太郎の家にたまに来ていた女のことを覚えていたのだ。

「八年以上も前のことですから、あっしはまだ子供でしたけれど、大年増も大年増にもかかわらず、子供心にきれいな人だなあ、と思ったものです。きれいというより、色っぽい女だなあってわかっていたと思いますよ。とにかくあっしの好みでしたね」

少し照れたようにいって、頭をかいた。

「それで、いけないことなんでしょうけど、あの人がどこに住んでいるか、一度つけてみたことがあるんです」

「どこに住んでいた」

「深川猿江町です。五本松で知られている九鬼《くき》さまのお屋敷が、小名木川沿いにあるのをご存じですかい。あちらのほうです」

深川猿江町は武家屋敷や寺、田畑などの周辺にくっつくようにいくつかの町が散らばっている。九鬼さまのお屋敷というのは、丹波綾部《たんばあやべ》で一万九千五百石を領する九鬼家の下屋敷のことだ。五本松というのは、丈右衛門もよくは知らないが、以前は枝振りのいい松の木が五本立っていたからときいたことがある。もっとも、今は枯れてしまって一本しかないという。

「その女の名は」

「おきりさんといいましたね。鉄太郎さんがそう呼んでいました」

「そのおきりの家の場所を覚えているか」

「ええ、もちろんです。家に男が二人いましたのも覚えていますよ」

「ほう、男がいたのか」

「ええ。それから二度ばかり、おきりさんの顔を見たくて行ったことがあって、そのときわかりました。二人は兄弟みたいでしたよ。一人が兄貴、兄貴ってずいぶんなついていましたから」

どうやら、と丈右衛門は思った。この二人が六人の押しこみのうち、逃げた二人なのではないか。一人が嘉三郎で、もう一人が五尺そこそこの背丈の男か。

おきりの家へ丈右衛門は一人で行こうと思ったが、この魚売りが場所を覚えているならば、案内してもらったほうがいい。深川猿江町なら、ここからそんなに遠くはない。頼むと、かまいませんよ、と魚売りは快諾してくれた。このあたりは誰にでも親切な江戸者らしく、丈右衛門はうれしくなった。

今でもおきりはその家に住んでいるのだろうか。いてくれたらいいが、八年というときは長いようで短い。

おきりの家は、九鬼家の下屋敷の西側に建っていた。

丈右衛門は礼をいい、魚売りに銭を握らせようとした。だが魚売りは、それをもらっちまったら親切でしたことになりませんから、と受け取らなかった。

正論で、丈右衛門は銭をだした自分が恥ずかしかった。じゃあこれで。魚売りはさわやかな笑みを残して、去っていった。

おきりはその家にいなかった。住んでいたのは別の者だった。年老いた夫婦と孫と思える子供がいた。若夫婦は働きに出ているようだ。老夫婦はおきりのことは知らなかった。

「こちらに越してまいりましたのは、ほんの半年ほど前のことですので」

丈右衛門は手間を取らせたことを謝し、隣家の者に話をきくことにした。訪いを入れると、出てきたのは白髪頭の女房だった。人のよげな顔つきをしている。

女房の話によると、おきりはすでに死んでいた。四年前、肝の臓の病だった。二人の男が一緒にいたのは覚えていた。

「二人の男の名を」

丈右衛門は女房にたずねた。

「ええ、覚えていますよ。一人は嘉三郎さんといいましたね、もう一人は捨蔵さんでしたねえ」

やはりそうか、と丈右衛門は思った。

「その二人はいつからおきりの家に住んでいたのかな」

「だいぶ前でしたねえ。二十年くらいはいたんじゃないですか。なんでも二人とも捨て子っていう話をききましたねえ」

「捨て子か」

「ええ、おきりさん、三好町かどこかの人に世話になっているときききましたよ。なんでもその人が捨て子を育てさせたそうなんです」

「その二人の消息を知っているか」

「いえ、存じません」

「二人と親しかった者に心当たりは」

女房はうつむいて、しばらく考えていた。

「ああ、そういえば、小さな頃、よく遊んでいた男の子がいましたねえ」

「名を覚えているか」

「ええと、あれは……」

女房は額に指を当てて、下を向いた。

「太呂助さんですよ」

「その太呂助だが、今、どこにいるか知っているか」

「多分、この町内か近くに住んでいると思いますよ。たまに顔を見かけることがありますから」

丈右衛門は礼をいって、その家を離れた。

猿江町の自身番に行き、太呂助という男を知らないか、つめている町役人にきいた。町内に住んでいた。畳職人とのことで、丈右衛門は職場に案内された。

太呂助は相撲取りを思わせる、がっしりとした男だった。ただ、声はか弱く、気の小ささを感じさせた。家のなかでは話がききにくく、丈右衛門は路地に出てもらった。

太呂助は二人のことをよく覚えていた。

「ええ、仲はよかったと思います。あっしはこんな性格なもので、友達がなかなかできなかったんですよ。あの二人も捨て子で、あまり近所の子らに相手にされなかったから、自然に友達になれたみたいなものなんですよ。捨蔵にはよく妹をかわいがってもらいました」

太呂助も、もう一人が嘉三郎という名であるのを認めた。

「二人に最後に会ったのはいつだ」

丈右衛門は期待を持って問うた。

太呂助が遠くを見る目をする。

「もう十五年近くは会っていませんね」

むろん、今どこにいるのかも太呂助は知らなかった。

七

「じゃあ、頼んだぜ」

文之介は紺之助にいった。

「わかりました。まかせてください」

「なにかわかったら、深川界隈の自身番に言伝《ことづて》を頼む。それで俺につなぎができるからな」

「承知いたしました」

紺之助が深々と腰を折る。

「文之介さま、あっしはうれしゅうございますよ」

「なにがだ」

紺之助がにっこりと笑う。意外に人を惹く笑みで、このあたりが子分たちに慕われるゆえんだろう。

「こうしてあっしに頼みにいらしてくれたことですよ」

「そんなのがうれしいのか」

「そりゃ、うれしゅうございますとも。あっしはご隠居が現役の頃も、常に力を貸したいと思っていましたけれど、なかなかご隠居は許してくれませんでした。それでも、よほど窮されたとき、あっしを頼ってくれましたよ。もうあっしは、うれしくてうれしくて。今も同じ気持ちですよ」

「そうか。そんなに喜んでもらって、俺もうれしいよ」

「勇七さんのこともよかったですねえ」

「ありがとう」

文之介は笑顔で枝折り戸を出た。

路地を抜け、人通りが激しい通りに踏みだした。寒風でも浴びたように笑みを消す。

きっととらえてやる。

文之介は決意を胸に道を歩いた。

嘉三郎を引っとらえ、獄門にしてやる。

同心となってこんなことを思ったのは、はじめてだ。いつもはとらえるのに一所懸命で、とらえた咎人がそれからどうなるかというのはあまり考えないようにしている。

だが、嘉三郎だけは別だ。一刻もはやくお縄にし、やつの命を断ちきらないとなにかとんでもないことをしでかすのではないか、という危惧《きぐ》をぬぐい去れない。

その予感を打ち消すために、必ずお縄にしなければならないと文之介は思っている。

丈右衛門と打ち合わせた通り、今、文之介は潰れた油屋を再現した大工を捜している。

やくざの親分の紺之助のもとに寄ったのも、そのためだ。

むろん一人で動いているわけではなく、他の同僚の同心と中間たちも加わっている。

あの油屋を嘉三郎らに依頼されて建てたのだから、どうせまともな大工ではないのは確かだろう。まずまちがいなく裏街道で知り合ったはずだ。

文之介が恐れているのは、嘉三郎がすでに口を封じている場合だ。あの用意周到な男がそこまで考えていないはずがないような気がする。

だが、今はそのことを考えても仕方ない。大工は生きていると考えて、捜しだすより道はない。

ちょっと寄ってみるか。

文之介は深川一色町《いっしきちょう》にやってきた。この町に寿庵の診療所があるのだ。まわりを水路がめぐっている町なので、潮の香りがうっすらと漂っている。

潮の香りというのは、どうしてこんなに気持ちを落ち着けてくれるのか。寿庵が診療所をひらいているのも、患者にそういうふうに感じてもらいたいからかもしれない。

文之介は表通りから路地に入った。しばらく進むと、寿庵の診療所が見えてくる。

「こんにちは」

文之介は入口を入り、土間に立った。患者を診ていたらしい寿庵が奥の間から顔をのぞかせた。

「おう、文之介さんか」

「勇七はどんな具合ですか」

「生きているよ。まだ目は覚まさんが」

「そうですか」

「案ずるな。大丈夫だから」

「顔を見られますか」

「いいよ」

文之介はあがり、勇七が寝かされている一番奥の部屋に入った。

弥生がつきっきりで看護していた。あまり寝ていないのか、目が赤い。こちらが心配になってしまうほどだ。

「先生は、間もなく目を覚ますはずとおっしゃってくださいました」

「そいつはよかった」

「昨夜、ご両親もお見えになりました」

そうか、と文之介はいった。勇三たちもせがれの生きている姿を見て、ほっとしたことだろう。

文之介は勇七を見つめた。健やかそうな寝息を立てている。ぐっすり眠っている。勇七はそばに弥生がいるのがわかっているのではないか。だから、母親の腕に抱かれた赤子のように安心しきっているのではないか。

「もっといたいが、あまり長居もできんのでな、弥生ちゃん、これで失礼する。勇七のことを頼む」

「はい、わかりました」

文之介は弥生にうなずきかけてから立ちあがり、土間に向かった。

「帰るかい」

「ええ。熟睡した顔を見て、それがしも安心できましたから」

「本当によく眠っているな。あれなら治りもはやかろう」

「よろしくお願いします」

文之介は当分の代を寿庵に渡した。

「別にいつでもかまわんのに」

「いえ、こういうのはきっちりしておいたほうがいいでしょうから」

「わしとしては助かるが」

よろしくお願いします、ともう一度いって文之介は診療所をあとにした。

裏街道を歩いているはずの大工を捜して、一人で深川界隈を歩きまわった。

昼飯もとらずに町々をめぐっていると、紺之助が文之介につなぎを取ろうとしているのが、自身番を通じてわかった。子分らしい男が言伝を頼んでいるのだ。

文之介は道を北上し、南本所石原町《みなみほんじょいしわらちょう》にある紺之助の家を訪れた。

話は通じており、子分に案内されて座敷に通された。

「すみませんねえ、わざわざご足労いただきまして」

だされた茶を喫する間もなかった。紺之助は座敷にすぐに顔を見せた。正座し、文之介に頭を下げる。

「文之介さま、そういうふうにおっしゃるところはご隠居に似ていらっしゃいますねえ」

顔をあげた紺之助がにっと笑う。

文之介は手にしていた湯飲みを茶托《ちゃたく》に戻した。

「いや、かまわんよ」

「そうかな」

文之介は顔をなでた。

「なにかわかったのか。ずいぶんとはやかったが」

「ああ、そいつです」

紺之助が身を乗りだす。

「怪しい野郎が見つかったんですよ。岩ノ助という大工なんですがね、最近、特に羽振りがいいらしいんです。うちの賭場でいっぺんに五両、十両とつかっているというから、半端じゃありません」

さすがに文之介は感嘆した。

「そいつはすごいな」

紺之助が深くうなずく。

「まったくその通りです。そんな大金、とてもじゃありませんが、素人が賭けられるものじゃありません。きっとうしろ暗いなにかで儲けたに決まってますよ」

「なるほど。確かに怪しいな」

文之介は紺之助を見返した。

「岩ノ助の住みかはわかっているのか」

「いえ、それがわかっておりません。申しわけないことです」

「いや、謝ることはねえ」

文之介は小さくかぶりを振った。

「怪しい野郎が一人浮かびあがってきただけで、十分だ」

八

どこかで梟《ふくろう》が鳴いている。物悲しい鳴き声だ。妙に秋の夜に似合っていた。

文之介は、真っ暗な路地に身をひそめている。路地の向かいに見えているのは寺の山門だ。やくざ者が何人か、所在なげにたむろしている。もちろん、文之介がここにいることは知っているが、ふだんと変わらずにいてくれるように頼んである。

寺では賭場がひらかれている。紺之助の賭場だ。紺之助は表向き賭場は営んでいないことになっているが、二つばかり持っているようだ。かなり盛っている様子なのは、客足がほとんど途絶えないことでもわかる。

ただし、狙いとしている大工の岩ノ助はなかなかやってこない。今夜は来ないのではないか、と気弱になることもあるが、いや、大金を得た男だ、必ずやってくる、と自らにいいきかせている。

また新たな客がやってきた。右手から提灯がせまい道を近づいてくる。酒でも入っているのか、ふらふらしている。どうやら男が一人だった。

やくざ者たちの前で提灯がとまる。

「今夜も遊ばせてくんな」

やや甲高い声がする。相当酒が入っているようで、ろれつがまわっていない。

「ああ、岩ノ助さん、いらっしゃい」

やくざ者がやや大きめの声を発する。その声はしっかりと文之介の耳に届いた。

来たか。文之介は路地を出た。

同時に、別の路地から五名の小者が姿を見せた。しっかりと捕物の格好をしている。

岩ノ助のまわりを取り囲んだ。

「なんだい、こりゃ」

岩ノ助は酔いが覚めたような顔になった。

「大工の岩ノ助だな」

十手をきらめかせた文之介は岩ノ助の前に立ち、確かめた。

「そ、そうだけど……」

声が裏返りそうになっている。

「ききたいことがある。番屋まで来てもらおう」

「どうしてですかい」

「とにかく来てもらおう」

文之介は岩ノ助を南本所荒井町《あらいちょう》の自身番に連れてきた。三畳の奥の間に座らせる。

ここは板敷きの間だ。行灯が灯されているが、三方が壁だけにひどく暗い。

文之介は岩ノ助の正面に腰をおろした。十手を見せつけるように肩に置く。しばらくなにもいわずに黙っていた。

「あの、あっしはどうしてここに連れてこられたんですかい」

沈黙に抗しきれなくなったように岩ノ助がきく。

「亀戸村の富士浅間社のそばに、潰れた油屋を建てたのはおまえだな」

「えっ、なんのことです」

文之介は笑いかけた。

「とぼける気か」

「とぼけるもなにも、あっしにはなんのことやらさっぱり」

「では、油屋を建てていないというのだな」

「ええ」

文之介は腕を組んだ。

「最近、ずいぶんと羽振りがいいそうだな。賭場で派手につかっているそうじゃないか。その金の出どころは」

「賭場に通うのはいけないってわかっているんですが、手慰みがどうしてもやめられないんですよね。病気ですかね」

「そんなことはどうでもいい。金の出どころがどこかきいているんだ」

「出どころもなにも、ふつうに仕事をして稼いだんですよ」

「その仕事は誰から請け負った」

「えっ、そいつは……」

岩ノ助が口ごもる。

「いえんか」

「いえ、いえないことはないんですけど」

「それなら話してくれ」

「いや、ですから、ふつうに家を建てた金ですよ。なにもうしろ暗いことなんか、しちゃあいません」

「そうか」

文之介は懐から人相書を取りだした。

「こいつは嘉三郎という」

なにをしたか話した。

「二人の子供をかどわかし、そして俺たちを焼き殺そうとした。こんな悪逆非道な男に力を貸したとなれば、まずまちがいなく死罪だな。いいか、岩ノ助。おまえのことはちょっと調べればすぐになにをしたかなどわかるんだ。どんな材木をどこから仕入れ、どこに持っていったか。それにおまえ、人をつかっているんだろう。そいつらの口どめが完璧《かんぺき》にできるとでも思っているのか。だが岩ノ助、ここでおとなしく知っていることを全部しゃべれば、罪に問うことはせぬ」

暗いなかでも岩ノ助が青ざめているのがはっきりとわかる。

「あの、すべて話せば、本当に罪には問われませんか」

「ああ、二言はない」


岩ノ助は、舌に油でも塗ったかのようにぺらぺらとしゃべりだした。

その言から、潰れた油屋を建てるように依頼をしてきたのは嘉三郎ではなく、捨蔵のほうであるのが知れた。同時に、捨蔵の人相書もできた。

「捨蔵とはどこで知り合った」

「賭場です。向こうから声をかけてきたんですよ。親しくなったのは金を融通してもらったり、何度か飲みに連れていってもらったりしたからです」

「捨蔵の居場所を知っているか」

「いえ、きいたことはあったんですが、その手のことには一切答えようとしませんでしたよ」

「捨蔵と親しい者を知っているか」

「いや、友達というのはいなかったんじゃありませんかね」

岩ノ助が思いだした顔になり、そうだ、といった。

「あっしが連れていってもらった煮売り酒屋の娘っ子が、ずいぶんと親しげでしたよ。名はおとみちゃんといいました」

ほかに岩ノ助が思いだしたことはなく、文之介はさっそく煮売り酒屋に向かった。

煮売り酒屋は深川西町にあり、矢野新といった。

昼間だが店はひらいており、そこそこ客が入っていた。文之介はおとみと会い、捨蔵のことをきいた。

「いえ、あたしは別に捨蔵さんとは親しくありませんよ。親しくみせているのは、なんといっても、金払いがすごくいいからです」

やや疲れた表情をしている女だが、それが逆に色っぽさを生んでいる。細い目の奥にこの手の商売をしている女特有の計算高さのようなものがかすかに見えていて、なるほど、捨蔵を上客と見てなついていたのが嘘ではないのが文之介には納得できた。

文之介はおとみに捨蔵の人相書を見せた。

「ええ、この人ですよ」

「この店には前からよく来ていたのか」

「いえ、そんなに前のことじゃありません」

おとみが厨房を向いた。

「おとっつあん、捨蔵さんが来はじめたのはいつだったかしらね」

「二月くらい前じゃねえか」

おとみが文之介に顔を向ける。

「おとっつあんのいう通りです」

「捨蔵の住みかを知っているか」

「いえ、存じません。でも、裏通りで二度ばかり見かけたことがありますよ」

「本当か」

「ええ。こちらも化粧をしていなかったから声はかけませんでしたけど、迷いのない足の運びからして、このあたりのことはよく知っている感じがしましたよ」

捨蔵が嘉三郎とともに育ったと思える深川猿江町はこの近くだから、それは当然という気がしたが、捨蔵はこの界隈に隠れ家があるのかもしれない。

文之介は嘉三郎の人相書も見せた。

「いい男ですねえ。でも、残念ながら見たことはありません」

父親のほうも同じだった。

矢野新をあとにした文之介は裏通りに向かった。自身番に入り、捨蔵と嘉三郎の人相書を見てもらったが、心当たりを持つ者はいなかった。

すでに夕闇の気配が漂いはじめ、これ以上の収穫を望むのは無理だろう、と判断して、いったん屋敷に戻った。

翌朝、睡眠で疲れを取った文之介は再び深川西町の土を踏んだ。

行きかう者ほとんどすべての者に嘉三郎と捨蔵の人相書を見せ、話をきいた。

だが、なにも手がかりは得られない。

自然、足をのばすことになった。

ようやく見つかったのは、深川下大島町に足を踏み入れたときだった。

自身番につめている町役人の一人が、一心に人相書を見つめたのだ。

「この人は、大島村の一軒家に住んでいる男の人じゃありませんかね」

「名を知っているか」

「いえ、存じません」

それ以上、そこにいる町役人たちから手がかりとなりそうなものは引きだせそうになかったので、自身番を出た文之介は家の持ち主のもとに行った。

家主は頭が真っ白で、顔もしわしわの年寄りだった。盛んに咳きこんでいて、文之介は大丈夫か、と声をかけた。

「ああ、はい、お気遣い、ありがとうございます。持病で慣れっこなものですから、大丈夫でございます」

文之介はまず捨蔵の人相書を示した。

「いえ、この人ではなくて、別の人がしばらくその家を借りたいとのことで、貸しております」

「この男か」

文之介は嘉三郎の人相書をだした。

「ああ、はい、断言はできませんが、似ているとは思います」

だが、確信はこの年寄りの家主にはなさそうだ。

「今もその家を借りているのだな」

「はい。これまで家賃を滞らせたことは一度もございません」

だから悪者と思わなかったといいたいのかもしれない。咎人に家を貸したとなれば、お咎めはまぬがれないかもしれない。しかしたいした罪にはなるまい。

ついに見つけたぞ、と文之介は思った。引っとらえてやる。

すぐにでもその家を見に行きたかったが、文之介は自重した。

嘉三郎には気配をさとられたくない。やつは獣のような勘の持ち主ではないか、という気がしてならない。家主によると、家は林を背にしているとはいえ、田畑の真んなかに建っているとのことだ。そういう家を嘉三郎が選んだのは、近づいてくる者がよく見えるからだろう。

一目だけでも家を見たいと思ったが、その気持ちを押し殺して文之介は自身番に戻り、町役人に頼んで奉行所に使いを走らせた。

これですぐに、と思った。応援の者たちがこぞってやってくるだろう。


半刻後、三十名ほどの人数がそろった。待っているあいだ文之介はじりじりしたが、騎馬の又兵衛が姿を見せたときには心からほっとした。

「文之介、よく突きとめた」

又兵衛が嘉三郎たちの隠れ家の急襲の指揮をとることになる。すでに陣笠《じんがさ》をかぶり、野羽織《のばおり》に野袴《のばかま》という捕物の姿だ。

文之介は町役人から借りた鉢巻きをし、長脇差の目釘《めくぎ》もあらためた。十手ではなく、こちらをつかうつもりでいる。

「よし、行くぞ」

全員の支度ができたのを確かめて、又兵衛が合図する。馬がひづめの音をさせて、小走りに動きだす。

町役人に案内させて、文之介たちは隠れ家に向かった。

家は本当に田畑のなかに建っていた。又兵衛が十名ほどを割き、経験豊富な同心にまかせて家の裏手にまわらせた。

家は一町ほど先に見えている。人の気配は感じられず、ひっそりとしているように見える。

文之介は胸がどきどきした。ついに嘉三郎をとらえるときがやってきたのだ。

やってやるぞ。待ってろ、嘉三郎。

又兵衛の命を受けた文之介たちは慎重に近づいていった。半町、二十間、十間、五間。

家にはなんの動きもない。初秋の穏やかな陽射しを浴びた板壁が、かすかに白みを帯びているのが見えるだけだ。

文之介たちはさらに近づき、背後からまわりこんだ十名とともに一気に家に近寄った。

先頭を切った文之介は戸に体当たりを食らわせ、戸がたわんだところを蹴破《けやぶ》った。

「嘉三郎っ」

叫びざま踏みこんだ。そこは暗い土間だ。一瞬、あまりに暗くて目が利かなかった。

だがすぐに目は暗さに慣れた。

家は静かなものだ。人の気配はまったくない。

文之介は、土間から土足で上にあがりこんだ。奥の間も捜したが、どこにも人の姿はない。嘉三郎も捨蔵もいなかった。

家はもぬけの殻だった。

九

悔しくてならない。

嘉三郎は拳を握り締めた。それを手のひらに叩きつけた。びんたでも張ったよう音が部屋に響く。

嘉三郎は横になった。見慣れた天井が見える。

くそっ。心中で毒づく。

この悔しさはもうずっと続いている。なにしろ御牧丈右衛門、文之介父子を殺し損ねたからだ。あれだけ策を積み重ねて、逃げられた。

あんなところであんな野郎が出てくるなんて。

勇七という、文之介に忠実な中間がいるのはむろん知っていた。このところ、文之介のそばにいないのは妙に感じていたが、さして気にもとめなかった。

それがあの結果だ。勇七も、なんとかしておかねばならなかったのだ。

それにしても、とあのときの光景を脳裏に呼び戻して嘉三郎は思った。あれだけ燃え盛っているなかに、飛びこんでゆけるものなのか。目の当たりにした今も信じられない。

一町近く離れていたから見まちがいと思いたいくらいだが、勇七が火のなかに飛びこんだがために丈右衛門、文之介父子は助かり、同時に仙太にお勢も救いだされた。

あいつら。嘉三郎は、丈右衛門と文之介の顔を目の前に思い浮かべた。次はあんなにうまくはいかんぞ。

しかし、と嘉三郎は考えた。次はどうすればいい。どうするべきか。

一つ確実なのは、もっとちがう手を考えねばならないということだ。

これまで丈右衛門や文之介の動きを見てきて、すでに材料はそろったような気はしている。そう、仙太やお勢ではない、ちがう標的をつくる必要がある。

その弱点はもう握った。

見てろよ。嘉三郎は心のなかで告げた。必ず地獄の釜に放りこんでやる。

捨蔵が気がかりそうな顔をして見ているのに気づいた。

嘉三郎は力を抜き、笑みを浮かべた。

「飲みに行くか」

「嘉三郎の兄貴が昼間からですかい。珍しいですねえ」

「いやか」

「とんでもねえ。昼間の酒はいいですねえ」

捨蔵がほっとしたように笑う。どこか気をつかったような笑いだ。よほど怖い顔をしていたにちがいない。

嘉三郎は立ちあがった。

「厄払いだ、ぱあっといくぜ」

「そうこなくっちゃ」

捨蔵がもみ手をして立った。

嘉三郎は戸をあけて外に出た。天気はいい。青空が気持ちいいほど遠くまで広がっている。穏やかな陽が射しこみ、庭の木々を明るく照らしている。風がゆったりと吹き渡り、やや暑いくらいの陽射しをやわらげている。

「嘉三郎の兄貴、もしかしたらもうここには戻らないんですかい」

「そのつもりだ。どのみちこの家は町方に見つかるだろう。あんなやつら怖くもなんともねえが、さすがに囲まれたくはないからな」

「掃除とかしなくても大丈夫ですかね」

「掃除か。しなけりゃいけないだろうな」

「じゃあ、今していきますか」

「いや、あとでいいさ」

軽くいって嘉三郎は歩きはじめた。

「でもいいんですかい」

「いいさ。俺たちがいたという痕跡はいくらも見つかるだろうが、どこに行ったかという手がかりが見つかるはずもないからな」

「そうですよねえ。ところで嘉三郎の兄貴、どこに行くんですかい」

酒好きの捨蔵は目を輝かせている。

「嘉三郎の兄貴と外で飲むなんて、ほんと、久しぶりですからねえ」

「まったくだな」

「でも、大丈夫ですかい。町方が目を光らせていますよ」

母親から見放された子犬のようにおびえた目を見せる。

「大丈夫さ。町方に俺たちがつかまえられるはずがねえよ」

「そうですよね」

行ったのは女のいる煮売り酒屋だ。富岡八幡宮裏の深川蛤町《はまぐりちょう》だ。看板などは出ていないが、店の名は茶久《さきゅう》。二階にいくつかの部屋があり、気に入った女がいればそこに連れてゆくことができる。女を抱きたいときには都合のいい店だ。

「捨蔵、存分に遊べ」

嘉三郎は笑顔をつくっていった。

「金のことは気にせずともいい」

「本当ですかい」

「俺が嘘をいったことがあるか」

「さいでしたね」

捨蔵はうれしそうにさっそく一人の女を選び、二階にあがっていった。

嘉三郎は女を抱く気分ではなく、店の者にも、気に入ったのがいたらいってくださいよといわれたが、ひたすら酒を飲んでいた。

「楽しかったか」

半刻後、階段をおりてきた捨蔵に嘉三郎はきいた。

「ええ、命の洗濯ができましたよ」

「そいつはよかった」

「嘉三郎の兄貴は女はいいんですかい」

「今日はな」

嘉三郎たちは茶久を出た。

ほかの店にも行って酒を飲んだ。女を抱き足りなさそうな捨蔵にはさらに抱かせた。さんざんに遊ぶうちに日が暮れ、あたりは暗くなった。さらに二軒の飲み屋をはしごした。刻限は四つに近くなっている。

「さて、掃除をするか」

最後の煮売り酒屋を出て嘉三郎はいった。のびをする。

「嘉三郎の兄貴、家に戻るんですかい」

「まあな」

「捕り手に囲まれているなんてことは、ないんですかね」

嘉三郎は首をひねった。

「行ってみなきゃわからんな」

提灯に火をつけ、嘉三郎たちは歩きはじめた。人けはあまりないが、それでも嘉三郎たちと同じように酔った男たちとすれちがう。

「飲みすぎたかな、喉が渇いた。確か、ここに井戸があったような気がする」

嘉三郎はせまい路地に入った。

「えっ、こんなところにですかい」

捨蔵が不思議そうな声をだして、ついてくる。

「ほら、ここだ」

嘉三郎は路地の半ばで足をとめた。

「えっ、どこですかい」

捨蔵が提灯を掲げる。

嘉三郎は提灯を奪い、吹き消した。暗闇の厚い壁が嘉三郎たちを包みこんだ。

「なにをするんですかい」

捨蔵がいぶかしげにきく。

「こうするんだよ」

すばやく懐を探った嘉三郎は、捨蔵の胸を匕首で一突きにした。

なにが起きたか、捨蔵はわかっていなかった。

「どうして……」

ようやく嘉三郎に刺されたことを解した捨蔵が、血のよだれを垂らして問う。

「すまんな。わけはあの世で閻魔《えんま》にきいてくれ」

嘉三郎は匕首を引き抜いた。血が音を立てて噴きだす。嘉三郎は横に動いて、血を浴びるのを避けた。

「そんな……」

その言葉で最後の力をつかいきった捨蔵が膝から地面に倒れ伏した。まだ息絶えてはいないが、もう動けない。体を抜け出つつある魂が見えるような気がする。

「これまでありがとよ。楽しかったぜ。じゃあな」

死骸《しがい》に一瞥《いちべつ》もくれることなく、嘉三郎はその場を離れた。

十

朝日を浴びて、地面にできたどす黒いしみが油のようなぬめりを帯びている。

死骸はうつぶせている。

文之介はかがみこみ、死骸の横顔を見た。これまで何度も人相書で目にしてきた顔だ。

捨蔵にまちがいなかった。

「岩ノ助」

文之介は手招いた。

へい、と答えて岩ノ助がおそるおそる近づいてきた。

「捨蔵か」

「へい、そうです」

ろくに顔を見ずにいった。

「しっかり見ろ」

へい。今度はそんなに見ずともいいと思えるくらい凝視した。

「まちがいありません。捨蔵さんです」

「この男が、油屋を建てるようにいってきたんだな」

「さようです」

わかった、といって文之介は岩ノ助を下がらせた。つまり、と思った。嘉三郎は表にまったく出なかったことになる。本当に用心深い男だ。

検死医師の調べを待たなければならないが、捨蔵はどうやら胸を一突きにされて殺されたようだ。

嘉三郎の仕業《しわざ》だろう。口封じか。

だが文之介たちはようやく嘉三郎の隠れ家をつかんだにすぎない。そんなにあわてて口をふさぐ必要はないはずだ。

しかし、実際にこうして殺したからにはなんらかの理由があったはずだ。

足手まといになったからか。

いや、それもちがうような気がする。

とにかく嘉三郎が殺《や》ったのは紛れもない。あの男の酷薄さがはっきりした。

本当にむごい男だ。

捨蔵の死骸を見つめているうち、不意に文之介は答えをさとれた気分になった。

おそらく幼い頃から一緒に育ったために、捨蔵は嘉三郎の性格や性癖などを知り尽くしていよう。

もし捨蔵がつかまってしまったとき、嘉三郎は自分のことが奉行所に知られるのを恐れたのではないか。

その点では、はやめの口封じといえないこともない。

とにかく、と文之介は顔をあげて思った。決して油断はできない。やつはまた仕掛けてくるに決まっている。

昨日、踏みこんだあと、嘉三郎たちの隠れ家を徹底して調べたが、手がかりになりそうなものはなにも残されていなかった。

次にやつが隠れ家として選ぶのがどこなのか、まるで見当がつかない。

やがて検死医師の紹徳《しょうとく》が小者を連れてやってきた。

「すみません、おくれてしまって」

「いえ、かまいませんよ」

「御牧さん、ずいぶんと久しぶりですね」

「いわれてみれば、先生にはお会いしていなかったですね」

このところ平穏だったからか。

「こちらですか」

紹徳がさっそく死骸をあらためはじめた。死因はやはり、匕首らしい刃物で胸を一突きにされたことだった。

その後、文之介は一人で嘉三郎捜しに精をだした。戻ってきたのに勇七がそばにいないのは、やはり寂しかった。

日が暮れる前に文之介は寿庵の家に行き、勇七を見舞った。

枕元に座る。相変わらずそばに弥生がついていた。

「なんだ、起きていたのか」

「いつまでも眠ってはいられませんよ。赤子じゃないんですから」

勇七の声には張りがある。

あれ。文之介は気づいた。横になっている勇七の手が布団の脇から出て、弥生の手を握っていた。弥生は幸せそうに勇七を見つめている。

なんだ、こいつ。文之介はさすがに腹が立ち、勇七の額を拳で軽く叩いた。板壁に小石が当たるような小気味いい音がした。

「旦那、なにするんですかい」

勇七が怒るというより、びっくりしていった。弥生も目をみはっている。

「おめえがやけどしてなきゃ、ぶん殴ってるところだ。まったく勝手しやがって」

「すみませんでした」

文之介はにこっと笑った。

「でも勇七、それだけ元気がありゃ、じき仕事に戻れるな」

文之介は勇七の手に顎をしゃくった。

「あっ」

勇七があわてて手を放す。

「気づいていたんですかい」

「当たりめえだ。丸見えじゃねえか」

「すみません」

「いいってことよ。勇七には恩があるしな。そいつは弥生ちゃんにも同じことだ」

文之介は、今日どういうことがあったか勇七に話した。

「さいですかい。嘉三郎の野郎、兄弟みたいに育った男を殺したんですか」

「俺たちで必ず引っとらえなきゃな」

文之介は立ちあがった。

「あれ、もう帰るんですかい」

「ああ。二人きりのほうがいいだろ」

文之介は弥生に顔を向けた。

「勇七のことをよろしく頼む」

弥生が恥ずかしげだが、うれしそうにほほえんだ。

文之介は寿庵に挨拶してから、少し薬くさい家をあとにした。

ちっきしょう。うまいことやりやがって。

文之介は勇七と弥生のことがうらやましくてならない。

自然に足は三増屋に向かっていた。勇七が弥生なら、俺はお春だ。

三増屋には丈右衛門が来ていた。千両を失ってしまったことを謝っていた。岩ノ助から戻ってきたのはほんの二百両ばかりにすぎない。岩ノ助自身、博打でつかったのは百両ほどだが、廃材などをつかったとはいえ、油屋を再現するための払いがかなりあったのは事実だった。それら善意の者たちから、金を取りあげるわけにはいかなかった。

「いいんですよ」

藤蔵は鷹揚に笑っている。

丈右衛門と藤蔵は酒を飲みはじめた。

「ねえ、外に出ない」

お春にいわれ、文之介は散歩に出た。秋とはいうものの、妙になまあたたかい風が吹いていて、町は春のような雰囲気だ。盛りのついた猫の声が今にもきこえてきそうだ。

文之介はどこか人けのないところにお春を連れてゆき、前みたいに抱き締めたかった。ちらちらとどこがいいかな、とあたりをうかがっていたが、まだ刻限がはやいだけにどこの路地にも人がいて、とてもではないが抱き締めることなどできそうになかった。

それなら勇七のようにせめて手を握ろう、と思って、お春の手のひらを探ろうとした。
むっ。文之介は歩みをとめた。
「どうしたの」
文之介が手を握ってくるのを待っていた風情のお春が不思議そうにきく。
「いや、なんでもない……」
今はもう消えているが、確かに誰かの目を感じた。
まちがいなく嘉三郎のものだろう。
文之介はすばやく眼差しを走らせたが、嘉三郎の姿はどこにもない。
姿をあらわせ、と怒鳴りたかったが、そんな声に乗るような男ではない。
文之介はお春を守るように前に出た。
来るなら来い。俺は決しておまえになんか負けやしねえ。

二〇〇七年六月　徳間文庫

光文社文庫

長編時代小説

地《じ》獄《ごく》の釜《かま》　父《お》子《やこ》十《じつ》手《て》捕《とり》物《もの》日《にっ》記《き》

著　者　　鈴《すず》　木《き》　英《えい》　治《じ》

2021年9月20日　初版1刷発行

発行者　鈴　木　広　和
印　刷　堀　内　印　刷
製　本　榎　本　製　本

発行所　株式会社　光　文　社
〒112-8011　東京都文京区音羽1-16-6
電話（03）5395-8149　編　集　部
8116　書籍販売部
8125　業　務　部

ISBN978-4-334-79244-2　Printed in Japan

組版　萩原印刷